U0466865

旧海棠，本名韦灵，安徽临泉县人。文学创作二级，鲁迅文学院第十七届中青年作家高级研讨班学员。小说发表于《收获》《十月》《人民文学》《当代》等刊。出版有小说集《秦媛媛的夏然然》《遇见穆先生》《返回至相寺》，长篇小说《消失的名字》等。

1982 NIAN CHUSHENG DE AI HONGHONG

1982年
出生的
艾红红

旧海棠 著

时代出版传媒股份有限公司
安徽文艺出版社

图书在版编目（CIP）数据

1982 年出生的艾红红 / 旧海棠著. -- 合肥 : 安徽文艺出版社，2025. 8. -- ISBN 978-7-5396-8257-0

Ⅰ. I247.5

中国国家版本馆 CIP 数据核字第 2024FP8825 号

出 版 人：姚 巍
责任编辑：张妍妍　姚爱云　　　　装帧设计：马德龙
....
出版发行：安徽文艺出版社　　www.awpub.com
地　　址：合肥市翡翠路 1118 号　　邮政编码：230071
营 销 部：(0551)63533889
印　　制：安徽联众印刷有限公司　(0551)65661327
....
开本：700×1000　1/16　印张：14.5　字数：160 千字
版次：2025 年 8 月第 1 版
印次：2025 年 8 月第 1 次印刷
定价：50.00 元
....
（如发现印装质量问题，影响阅读，请与出版社联系调换）
版权所有，侵权必究

目　录

一、秘密／001

二、布偶／029

三、抚慰／199

一、秘密

走出娱乐室，艾红红娴熟地把门关上，然后向办公室走去。

我留在走廊等她去交钥匙，看她的身影实在难与网上的照片对上，远不是一个人。现在的艾红红就是一名普通的保洁员或者护工的形象，有厚实的背和结实的腿脚，踩在地上的每一脚都充满扎扎实实的力量。而网上几张照片里的她体态纤柔，面相也清秀温婉，像一个富贵人家的小媳妇，不缺吃穿，眉眼里稍稍带着忧愁。

艾红红拐了弯，我看不见她的身影后，转目看楼下的花园。花园里的各种植物长势很好，郁郁葱葱的，该开花的开花，该结果的结果。若说有与其他花园不一样的，是地上有好几条环形的小坡道，弯弯曲曲地连着楼里，那是方便轮椅通过特意设计的。

这里是幸福里社康中心，艾红红在这里做义工，每周一次，主要照顾一个渐冻症病人，女性，艾红红称她张小姐，我也称她张小姐。

照艾红红讲，张小姐生过一个孩子，遗传了她的疾病，张小姐把自己送进社康中心前，先把孩子送到了市社会福利院。那时孩子还小，一岁多点，入福利院时登记的名字叫张小檬，现在还不到三岁。

艾红红是那个福利院的生活阿姨，老员工了，张小檬没进福利院时她就在。记得一天院里新来了一个孩子，年纪太小，来院后总是哭，艾红红年轻，也有过孩子，院里便把这个爱哭的孩子交给艾红红带，艾红红就知道了张小檬的故事。之后艾红红找到幸福里社康中心这里来，想认识张小姐，她的目的很简单，就是想把张小檬的情况讲给张小姐听，让做母亲的张小姐放心孩子。

现在的骗子那么多，骗法五花八门，让人看什么都像是假的。张小姐起初质疑艾红红的行为出于某种目的，以为像她的几个亲戚一样打着照顾孩子的幌子图她的房子，孩子还没开始养就火急火燎地要过户。艾红红跟她解释说自己曾有过一个孩子，后来没有了。她到福利院做事，就是想看见更多的孩子，帮助更多的孩子，也满足自己当母亲的心。所以她特别能理解张小姐作为母亲看不到自己孩子的那种失落心情，她想帮助张小姐。她强调，她这样做既能满足别的母亲的心，也能满足自己的心。人世间大约没有什么比失去更能说动人的，张小姐被艾红红说服，接受了艾红红的定期看望，但张小姐也提出了一个要求，她这个病越来越不能动，她希望艾红红好人做到底，能做她的义工，帮她处理一些个人卫生事宜。艾红红本来就是出于奉献爱心结识的张小姐，听到张小姐有需求，自然就答应了她。艾红红从此成了张小姐与小檬母女之间的纽带，也成了张小姐的个人义工。

我是"渐冻症基金会"筹备团的成员，我们想在中国成立这个基金会，以帮助这些病友医治、康复和开展生活。这是个公益组织，源于一个人得了这个病，知道这个病不治，便在生前留下遗嘱希望发起一个基金会，帮助后来人。这个人本来是有钱人，发起一个基金会并不是难事，但是因为他很快病逝，财产被亲属分割，只让出很少的部分来创建这个基金会；又因家属不想被财务牵连，没有参与创建。所以这件事纯粹成了社会上的爱心人士在做，大家都是凭着一腔热血在做事，并没有把这件事做大的能力。直到病友中来了一个新的病人，他想把这件事做起来，抱团取暖，做出影响，让更多的人关注渐冻症这个群体，才重新招募工作人员，我也正是这个时候以文宣特长进入筹备团的。

来筹备团之后，我的第一个任务就是采访刚加入我们基金会的会员张小姐。见张小姐之前，我并不知道她有个女儿，只知道她是因为病发被丈夫抛弃的，抛弃原因是张小姐婚前故意隐瞒遗传病史，后来丈夫跟她离了婚。张小姐说她也不知道自己遗传了这种病，只知道很小时母亲就死了，没人告诉她母亲为什么而死。张小姐百口莫辩，一个人收拾婚姻残局，也是她的人生残局。知道张小姐这件事情的人没有不同情她的，我们也把她当成重点关怀对象和宣传对象，一来给张小姐送温暖，二来让这类病患提高意识，从婚前就重视起来，一旦怀孕就开始筛查，争取少一些患者，让人间少一些疾苦。张小姐的备案不是我做的，从资料上交代的社会关系看，张小姐没有直系亲属。或许是丈夫为了补偿她吧，把他们的婚房留给了张小姐，但因为他们是贷款供房，张小姐病发已无能力工作供房，于是她把房子出租后申请到社康中心来。我在前两次采访中掌握的也只是这些内容，张小姐丝毫没提到还有个女儿的事。

这次是我第三次来采访张小姐。这次与其说是采访，不如说是文章出来后，受命来转达社会的关怀，给她送些爱心捐助。

我第一次来采访张小姐，艾红红就在，正帮张小姐洗澡。因为这里的护工很忙，不能经常帮张小姐洗澡，她平时只好让人随便冲冲，等着艾红红每周一次固定的时间来帮她洗澡。我第二次来给张小姐看采访确认稿时，艾红红也在，但她依然没有跟我说话，只在旁边默默地听，默默地看。

艾红红见证了我采访张小姐，也看了我给张小姐写的那篇感人的文章，所以才有我第三次来时，她主动给我讲述她是如何帮助张小姐的事。我觉得听听未尝不可，只要是无偿帮助他人，就值得认同和赞美，也为以后再写张小姐时留些素材。艾红红领我到社康中心的娱乐室，这个地方本来是义工们陪张小姐他们聊天、娱乐的地方，她以接受我采访的名义，等活动结束后申请继续使用娱乐室。娱乐室里只有我们两人，艾红红讲完她是怎么找来的，她都为张小姐做了什么后，又跟我讲起小檬。我这才知道张小姐有一个孩子，在艾红红工作的福利院，名叫张小檬。我挺惊讶的。

艾红红交完钥匙，出来找到我，说她要回福利院去，如果我对刚才的谈话有兴趣，对张小姐的那个孩子感兴趣，她可以帮我进福利院见到那个孩子。她似乎很懂我的需求，说："你对张小姐这么感兴趣，我相信你也会对那个孩子有兴趣，她们是一样的病。"然后，她又殷切地诱惑我，"那个孩子长得很好看，眼睛像张小姐，黑黑的，眉豆精一样，福利院的人都喜欢她。"

我们出了社康中心，一起往南岭地铁站走，她这么说话时，我侧头看她，她也看着我，一点也不掩饰她的意图。

人是很奇怪的动物，我并非对张小姐的孩子多有兴趣，张小姐故意隐瞒孩子的事也是她的个人权利，但我显然对艾红红这么诱惑我的口气起了好奇心，她为什么这么肯定我会对她说的事感兴趣？她对我们的基金会了解多少？我们能做什么、不能做什么她是否知道？种种社会关系羁绊等，使我们的基金会也不是什么都能做、都会做，我们不是万能的。想到这些，我有些看热闹的心理，想知道她到底要干什么，于是将计就计问她："我怎么才能见到那个孩子？"

"我们福利院也有义工站，你像我这样，找个义工站报名参加义工活动就能进我们福利中心。不要选周六周日，人多，社会关怀、学校素质教育都会组团去，小檬现在是正常人，又可爱，跟她玩的人多，你不容易接触。你报周二和周四的义工，他们要人帮忙做事，待的时间长，你能接触的机会多。"

我曾怀疑艾红红私下告诉我张小姐有一个女儿的目的，但见她说到这里，始终是真诚地跟我交流，心想她可能是认真的。什么事都架不住认真，那种情感自有其诱惑力和魅力。我被艾红红的样子

一、秘密 | 007

打动了，心里动了一下，不由得对她和气起来。到了这时，我确实有想看看小檬的冲动了，就是不能为她做什么，也可以宣传一下，小孩子更容易使人同情，说不定文章会成为热门，造成轰动。再者，她还那么小，说不定将来这个病有了特效药或提前干预药，大家会最先想到救助她。

我按艾红红交代的时间去看了小檬。

小檬跟艾红红很像一对普通的母女，艾红红工作时小檬自己玩玩具、吃零食。艾红红做完一件事要换场地时，小檬会过来叫艾红红抱抱。艾红红便抱小檬一会儿，然后把她放下来，说："妈妈要工作，小檬自己玩。"

这里的孩子叫常住护工和常住生活阿姨某某妈妈，但小檬直接叫艾红红"妈妈"。听说院里并不支持艾红红跟小檬这样相处，让艾红红纠正小檬像其他的孩子一样叫她"红红妈妈"，可是只有在艾红红更正小檬说"我是红红妈妈"时，小檬才会跟着这么叫一遍，一会儿又忘了，又直接叫"妈妈"。我问艾红红小檬叫她妈妈是她引导的结果还是小檬自己的习惯，艾红红说是小檬自己的习惯，毕竟她在一岁多前是跟着妈妈生活的，婴儿也有惯性记忆。我问她那为什么有时她也对小檬自称妈妈，艾红红说也是不自觉的习惯，顺口，但意识到了还是会让小檬叫她"红红妈妈"。我们搞写作的有个毛病，喜欢追究本质看初心，初心是善良的，后面有些不同的表现也能理解。

我意识到我在追究艾红红的初心，想必还是因为未完全信任她，我始终觉得艾红红还隐瞒着什么。但她一个热心献爱心、热心做公益的人能隐瞒什么呢？

福利院里更多的是一些残疾孩子，或患有外人肉眼看不到的先天性疾病的孩子。会走且能说话的像小檬这个年龄段的孩子有两个，另一个有先天性心脏病，身体孱弱，不常出来活动，所以全院里小的孩子就小檬一个人四处走，四处玩，四处串门，什么时候想"妈妈"了，就出来找艾红红。即便有义工在跟她玩，只要她想起什么了或远远看到艾红红了，就会跑到艾红红的身边要求抱一抱、背一背。

我带了相机，负责拍照，福利院不允许拍室内，更不允许正面拍福利院的孩子，特别是有残疾的孩子，最好连人都不要拍。因为要遵守这些约定，我只好追着小檬拍。她实在是太好动了，一刻也不停，艾红红要做事，为了打发她，会找出糖果叫她拿去跟小朋友分享，她这时就会高高兴兴地揣着糖果去找小朋友。小檬想进去的第一个房间是需要特殊照料的孩子的，进门要刷门禁卡，小檬进不去，她转身又去了另一个房间，这个房间的孩子有大有小，也有不同程度的残疾，但都能说能动，见她进去，都高兴地叫她"小檬檬、小檬檬"。小檬分辨出谁先叫她，忙着跑过去，先分一个糖果给人家，才称呼人家什么哥哥或什么姐姐。我因为不能进房间，只能从半透明的玻璃门外看她在里面跑来跑去，她那样子是很讨人喜欢的。小檬在这个房间玩了好长一段时间出来后，又会去找红红妈妈，向红红妈妈报告她把糖果分给了谁。艾红红又像妈妈待自己的孩子一样，停下手中的活抱她一下，夸她真棒，然后又找个什么理由支开她，小檬的一个上午就在跑来跑去中过去了。

午餐时义工可以帮忙分送食物，但依然不能进入特定的房间。小檬因为能自由走动，就去餐厅用餐。福利院所有的孩子都要午休，饭后小檬被艾红红抱去一个房间，让她和里面的孩子一起午休。小檬自然是被艾红红哄睡着的，然后艾红红才走出来。孩子们都午休了，义工们才去食堂用餐，之后做一些公共区域的清洁和归整工作，为午休醒来的孩子们出来活动做好准备。

下午的义工工作主要以陪伴能外出的孩子娱乐为主，艾红红见我一直追着小檬拍，突然跟我说："秋天小檬就要去幼儿园了，福利院决定让她出院去上正常孩子读书的学校，一直到她成人，假如一直没有家庭要领养她的话。"

艾红红像是轻描淡写地跟我说这些，但她看着小檬的背影又发出怜悯的叹息声，像一个慈悲的老母亲。

我有话冲到了嘴边："你是不是想把她当女儿养？"

艾红红有些警惕，忙解释说："不能这么说，这里很忌讳工作人员这么做，这样对其他的孩子影响不好。都是没有父母要的孩子，突然哪个特别招人疼，会让其他的孩子不高兴，产生讨厌自己的心理。"

听到这儿，我没有再问艾红红什么。哪怕我真发现了她有这份心，也不能再问了。她说得对，因为这里是福利院，不是家庭，虽然一个家庭里也难免有厚此薄彼的情况发生。

难道这就是我觉得的艾红红的隐瞒？若真是这样，也没什么，谁做人还没有点私心呢？何况这也是心中有爱才引起的。

但就在我准备离开时，艾红红说还想跟我说件事。她当面给我发了一篇自媒体写的文章，要我大致看看。我说我知道这事，一个渐冻症患者绑架幼童后自杀的事件再度发酵上了热搜，已经出了好几篇浏览量10万+的相关自媒体文章了。艾红红发给我的这篇文章里主要还是说该渐冻症患者绑架幼童，同伙是幼童的母亲，而渐冻症患者自杀的事只是作为一个引子出现。文章称该渐冻症患者是幼童母亲的情人，两人为了筹私奔路费，向幼童父亲勒索100万元。那个母亲叫艾倩，放着豪宅不住，放着富家少妇不做，跟一个比丈夫丑陋十倍不止的穷酸打工仔私奔，妇德败尽，引起社会疯狂的舆论。

艾红红说她就是艾倩。

我见过各种各样的场面，面对面无波澜地承认自己就是那个被万人唾弃的人，我还是吃了一惊。我本来是为小檬而来，来看看小檬，来听听小檬更多的故事，不承想听完小檬的故事还有艾红红的故事，且她给我讲小檬的故事确实是个诱饵，她是为了给我讲后面她自己的这段惊人的故事，她就是绑架幼童案中的那个母亲，她就是艾倩。

我用最短的时间厘清艾红红的目的，然后很快镇定下来，想知道艾红红设法认识我并取得我的信任到底要干什么，想知道我有没有危险。

艾红红反复说她就是艾倩，说她想请我也写一篇报道，跟网上说的不太一样的报道。

"就这么简单？"话赶话一样，我冲艾红红一笑，多少有点儿戏地告诉她我会考虑她的请求，帮她写一篇"报道"，但我也是有原则的，写"报道"不能瞎编，我会公正地看待两边的说法。

艾红红低头搓一下粗糙的手指，说："那是当然，我说我的，你写你的，你怎么写有你的立场，我相信你们会写文章的人心里有公道。"

我警惕了一下她是不是在讨好我，但我也注意到了她提到"立场"二字，看来这个艾红红确实是个有些想法的人，有故事。但我还是要试探她，我问她："既然你相信'会写文章的人心里有公道'，为什么不信任网上的那些文章，还要给我讲你的说法？"

艾红红面露难堪，思考半天才说："因为他们不知道真相。"

我看出了她的难堪，要继续为难她的话，我就太欺负人了。我不再为难艾红红了，说："好吧，咱们再约。"

之所以答应艾红红，是因为我另有私心。我曾是一名自由撰稿人，曾带着浪漫主义的精神设想过我有一天能成为一名作家，去咖啡厅喝喝咖啡、写写稿子，又或者去海边的酒店住着，边看风景边优雅地写作。但几年过去，现实生活扇了我几个巴掌把我打醒了，我不但没能成为那样的作家，就连房都租不起，更何况去咖啡厅，去海边的酒店？因为我在深圳实在生活不下去了，我才找了现在的这份公益组织的工作。因为是公益组织，工资极低，所以我私下还会写一些文章给杂志和网络投稿，用更微薄的稿费贴补生活。虽然微薄，但稍微增加一点收入有时就能让我松一口气，觉得生活还有点希望。艾红红自己要讲的故事是一篇非常好的非虚构文章的素材也说不定，或许意识到这一点，我才带着儿戏的态度答应她吧。

我再次信任艾红红后，跟她另外约了时间聊"艾红红就是艾倩"的故事。很显然，艾红红也知道，福利院不是聊天的好地方。

听了艾红红说她就是艾倩后，我回去做了大量有关2017年幼童绑架案的搜索和摘抄工作，从官方媒体的新闻报道，到微博、公众号及一些门户网站的网友评论，凡能搜到的相关话题我都做了保存，甚至把材料分类，为写作非虚构故事做准备。案件本身并没有多少官方报道，由案件衍生的话题比案件本身要热闹得多，我想这也是三年后绑架案再次热起来的原因。

筛选下来，两个话题特别热闹，一是有关女性主义的，二是有关婚姻中的门当户对。这两个话题也是当下社会紧抓不放的热门话题。

女性主义自不必说，大家讨论的是女性沦为家庭主妇失去了经济来源后会影响到的人生和权利问题。

门当户对是因为官方新闻后面有一个网友评论引起的，说女主是个乡下打工妹，在公司打工期间使尽手段勾搭上股东的独子，未婚先孕，拿住了股东儿子不舍得打掉自己亲生骨肉的心理嫁入豪门。

后面还用很讽刺的语言说，女主就是一个生育工具而已，生了四个孩子都没能正式结婚，没能举办婚礼，后见结婚无望，才跟小情人合谋绑架自己最小的孩子，准备私奔。

这段"评论"前后矛盾，先说"嫁入豪门"，后又说"没能正式结婚，没能举办婚礼"，若是"没能正式结婚"何来"嫁入"？但由此引起的门当户对及社会阶层问题的讨论很多，在某门户网站一个话题回帖量达一万多条。我没有逐条看完，因为可以预见到，讨论的话题其实与案件本身关系不大。我要了解的内容还是有关艾红红本人的，看这种周边问题基本无用。但艾红红说她就是艾倩这件事，着实让我惊讶，比起网上那些周边议论，能听到当事人的说法非常吸引我。

我让艾红红选地点，她说她每周只有一天休息，这一天还要去看望张小姐，她说就约在张小姐所在的社康中心附近吧。我说那我跟她一起去社康中心看望张小姐。

上午，艾红红在社康中心门口等我一起进去，这样我们就不用请张小姐向社康中心预约两次。张小姐住的是四人间，房间有阳台，床上有蚊帐，每人一个床头柜放私人常用的物品，床下有两个塑料箱子放个人暂时不穿的衣物。这个配置不算好，属于还过得去的居住条件。因为这里是社康中心，全名是社区康复照料中心，不是老人院，所以一个房间内住的病人不都是老人。

张小姐来了快两年了，对社康中心的规矩和各种情况都很了解。

她进来时睡的是一个转去医院重症监护室的老人的床位。另外三个一个是中风瘫痪的老人，一个是能走动的老人，再一个是身体条件还不错但是有冠心病的老人。有冠心病的这个老人平时住在社康中心，周六、周日回家，每次从家回来都像出去旅游了一次一样，跟张小姐讲很多外面的见闻，去了哪里，遇着什么人，吃了什么好吃的。中风的老人比有冠心病的老人年轻许多，因为半边身子没知觉，只有一只手和半边脸灵活，说话很吃力，每次听有冠心病的老人讲外面的见闻都气得喷着口水乱骂。张小姐说她喜欢听那些见闻，但更同情中风的那位，因为她有一天也会像中风的老人一样身体动不了，口齿不清，直到身体各器官衰竭而亡。

我这样以病种称呼人很不好，但是这里的人都是这样分辨他们的，除非很熟悉很亲切的人之间会用姓氏称呼，最好分辨谁是谁的还是以病种来分。

可能想到要与我聊天，艾红红进门后就说今天有事，要马上给张小姐洗澡。张小姐没有二话，移动着轮椅去床头拿换洗的衣服。张小姐左手的虎口塌陷得很厉害，这意味着她的左手已经在萎缩，双臂开始无力。张小姐缓慢地捧出床头的衣服，然后把衣服放到腿上，以拉动床帮的方式带动轮椅启动，最后滑行过来。我不是不帮张小姐，第一次来我恨不得处处帮她，但张小姐说她需要锻炼，不然她身体的机能会退化得更快。从那之后我再来采访张小姐，就只做她叫我做的事情，不会再轻易帮她。我看着张小姐拿过来衣服，记起第一次采访张小姐时，她说自从进来后就没有穿自己的衣服了，只穿社康中心统一提供的院服,她说这样就能告诉自己她是个生命快要结束的病人,她的心就不会再往外飞。

我并不想观摩张小姐洗澡,又因房间里有消毒水味和陈腐味,我去了娱乐室看义工陪病人们做娱乐活动。

义工早到了,病人还在陆续出房间,我被当成义工,被一个男病人叫过去,他要我把他推去娱乐室。他说护工给他换好衣服推出房间放门口就不管他了,要等着义工来接。他一只手不能动,看着也像是中风,但说话还算利落。他说没怎么见过我,问我是不是新来的义工,以后会不会固定时间来,要是能固定时间来能不能到了就找他,因为之前一周来两次的义工不来了,上次是临时的义工接的他,他还没有固定的义工。我不知道怎么回复他,又见他急切表达,不想他太失望,于是顺嘴说我是新义工,要考核后才能固定服务对象。他说:"那你就早点考核,固定了就来找我吧,我看你很像我的一个学生的,见你亲切。"我说:"那您是老师了?"他说是,教了一辈子的书,退休了还带培训班,要不是中风了现在肯定还在教学生。我说:"您条件这么好怎么不住家里请个专职的保姆?"他说老太婆死了,儿子儿媳在国外,他只有一个侄儿和侄儿媳在这边,怕他不能动被保姆欺负,只好住社康中心了。我问他侄儿和侄儿媳多久来一次,他说一个月也不见来一次,都忙。他说他教初中数学,带了好多个毕业班,都考上好高中了,后来带培训班也教出了好多好学生。我问他有学生来看他吗,他一声长叹,说现在人情冷淡,亲儿子、亲侄儿都不待见,学生哪还有那份情?说着我们到了娱乐室，我问他是下棋还是打牌，他说他都不想，他太无聊了，就是去娱乐室听听义工们说话，听他们弹个琴唱个歌就很满足了。我问他认不认识一个叫张小姐的病人。他说："嗯，那个人是另一个小社区过来的，人可有意思了，老说老男人骚扰她，我有一次就拉了她一下，她竟然大喊大叫的。还好大家都知道她是那样的人，不然我得多不招人待见。小姑娘我跟你说，她是年轻好看，但老男人也有老男人的讲究，也不是都没素质。"他看着我说，"小姑娘你说是不是？"

我不知如何接话，半天才回他说："啊。"

"啊"这个字怎能算是回话呢？但这个字现在很好用，什么话不方便说了就用"啊"。

老人并不介意我应付他，是那种常见的一个人孤独久了只顾自己说了痛快的人。他指了张桌子，让我把轮椅推到桌前，叫我也坐下，问我学什么的，数学好不好。

我觉得老人这么频繁的话语并非要问我什么，就是有说话欲，我没有经过专业的义工培训，还不知道如何陪伴这样的老人，想找个理由逃脱。老人喋喋不休，要跟我谈数学题，我只好说我不会这些。他似乎不管我会不会，继续说他的。我有些生气了，说："对不起爷爷，我不会。"他一下子愣住了，看着我，像是我很冒昧地坐了他面前的位置似的看着我。我声称有事，溜出了娱乐室。

溜出娱乐室，并非我真不会跟那个爷爷相处，是我没有做好心理准备，若他是我的采访对象，若我真是自愿来帮助他人的义工，我想我能知道怎么跟他聊天。这个心理准备很重要，相当于假设好一个前提，你就直奔这个前提，别人怎么样都不影响这一结果。所以艾红红与张小姐相处并无私为她服务，里面是不是母亲这一角色共情共享起了作用？若没有这个前提，艾红红会这么无私地为张小姐义务服务吗？要知道义工是公益行为，以主动奉献为前提，不是强制和责任。另外，张小姐真能无所顾虑地把心敞开给艾红红，听她讲述孩子的消息，然后从中继续享受到做母亲的快乐？两个女人之间有没有猜疑和防备？

若是以艾红红的说法，张小姐起初是警惕的，后来接受了她，跟张小姐希望有一个人定时帮自己洗澡有没有关系？身为女性，天生爱干净，在护工不能认真帮她洗澡，而她又没钱请个人护理的情况下，艾红红找来了，她虽不接受艾红红的好意，但因为艾红红能无条件服务于她，所以她将计就计妥协了。

我的这些假设对继续报道张小姐并没有太大意义，因为作为公益基金会宣传的需要，只会报道张小姐的正面信息，说其他于我们的公益宣传并无意义。但是弄清这些问题对我要听艾红红的故事是有益的，它能给我提供艾红红真实的心理状态，做义工也好，为张小姐带来小檬的消息也好，是否有她一厢情愿的成分？是为了满足她的心理需要还是真的为他人而想？

估摸着艾红红已经为张小姐洗好澡，我回到了张小姐住的房间。张小姐已洗好换上衣服，新穿上的还是社康中心统一的服装。

社康中心为了方便管理，防止病人私自活动发生危险，不允许病人在社康中心内使用电动轮椅，病人若有需要出居室，可以按床头铃叫护工来推他们出去。现在还是开放时间，病人可以由护工或义工推出室外活动。

张小姐想出去，艾红红问去娱乐室吗，张小姐说想去花园里转转。艾红红说不行呢，她今天有事，要走了。张小姐又问我什么时候走，可不可以推她去花园。我说我也要走了，我约了艾小姐聊个事。张小姐一下子很警惕地说："你们俩怎么会有事要聊？聊我吗？"艾红红也开始紧张，说不是不是，但还是抬头看我。

我想起张小姐从没跟我提有女儿的事情，她可能怕艾红红告诉我这件事情。但我不能装作不知道，因为接下来要写小檬的文章必须得到她的许可，虽然我并不知道她现在是否还有小檬的监护权，但从人道主义上讲还是征得张小姐的同意更合适。我坦白又机智地想好了措辞，说："是这样的，张小姐，我们通过对您的资料核实，知道您有一个女儿在福利院，像您需要社会的帮助一样，您的孩子接下来也可能需要社会的帮助，所以我们准备给您的孩子也做个备案，到时一旦她需要社会帮助，我们会第一时间联络好社会资源。"

"孩子已经在福利院了，还能需要什么社会资源？你们到底什么意思？"

"张小姐，这就是您不太了解的范围了，小檬现在是正常的孩子，她需要进入正常的学校读书，福利院也得帮她找读书的幼儿园，还有以后的小学、中学。您说是不是？"

一、秘密

张小姐慢慢不怒了，说："哦，那是你们早就联络过了。"

我忙说："是的，我跟福利院早就联络过了，刚好在您这里又见到艾小姐，她很了解小檬，说了小檬很多可爱的成长经历，这点我要感谢艾小姐给我们提供小檬的材料。"

张小姐没话说了。

我知道张小姐是本科学历，不能糊弄她，只能从合法的角度来谈。

艾红红说："张小姐你要是很想去花园看看，我们就晚点走，我帮你把床单换一下，让这位陈小姐推你去看看吧。"

张小姐好像泄气了一样，无精打采地说："那好吧。"

我推张小姐下楼去花园。

我们在二楼，可以坐电梯下去，也可以走环形楼梯。我想着下去方便，便推着张小姐走环形楼梯旋转而下。到了跟前我才发现我想错了，环形楼梯是坡形，若是正面前行，张小姐有滑下轮椅的危险。张小姐没系安全带，而我也想不到这点。我正想要不要再去坐电梯，张小姐说："你可以倒退着下去，就是你要小心点，别让轮子轧着脚。"我有点尴尬，一时不知道如何是好，只好听从张小姐的建议退着下去。轮椅的刹车很灵，我紧紧捏着，尝试着退一步放一下手刹。试了几下，因为张小姐和轮椅的重量不轻，我又不敢操作，后退下行非常艰难。后来我想到转个身，轮椅还是退着的，我正面走，相当于我拉着一架车一样跟张小姐背对着背。这下好多了，我能用整个身体挡着轮椅。虽只有一层楼，但环形楼梯为了减小坡度，把坡面拉得很长，我觉得我至少用了五分钟才走完。路上张小姐又问我："小陈，你们没有骗我什么吧？"我顾着下坡，简单地回她没有。到了地面她又问我相同的话："小陈，你们真的没有骗我什么吧？"我忙俯下身回她："不会的，张小姐，我们不会骗您的，我们是公益组织，公益本来就是为了做好事的。"

张小姐之后没有再问我话，好像相信了我。我想，她这么容易相信我的话，一是因为是她先找到我们组织的，二是因为她除了相信别的什么也干不了。一时，我同情起她来。我不由得想找话宽慰她："张小姐，您放心，我们现在还没有写小檬的什么事，要是写了，我会把文章先给您看，您同意了我们才会发。"

张小姐终于笑了，叫我把轮椅推到一片月季花前，她的左手放在腿上不动，右手伸出去摸花。她可能想捏住一朵粉红的瑞典女王，可是她的右手手指已经捏不到一块去了。张小姐努力地触碰那朵花，后来她尽量保持手臂不动，才好像把那朵花"捏"在了手里。她收回手时说："真香啊！"我确实也隐隐闻到了月季香，但那一刻还是觉得张小姐说花真香是为了掩饰什么。因为瑞典女王并不是浓香型月季，只有淡淡的清香。

艾红红大约是把张小姐的床铺收拾好了，打电话给我。张小姐听到我是跟艾红红说话，通情达理地说："好了好了，你推我去娱乐室，你们就去忙吧。"我答"好"。我知道娱乐室的活动结束后，会有人推张小姐回到她的居室。

上楼时我怕再出现不会操作的问题，选择了坐电梯。这里的电梯也都是专为轮椅设计的，里面宽敞得很，就是同时载两把轮椅，电梯内空间也还有富余。

入秋有段时间了，天气还是闷热，我和艾红红坐地铁出站又步行了一段路，终于到了艾红红想来的地方，一个叫顺记茶餐厅的二楼。大约是餐厅翻新过，进一楼大门时，艾红红就说："不一样了。"她似乎确实对这里不怎么熟悉，人怔了一下才看到楼梯，然后走在前面领路上楼。

这是一家很有岭南风格的茶餐厅，楼梯道的墙上挂着二十世纪八九十年代港风的海报，一看就是仿制品，陈旧的色调是后期统一加工出来的。

我们上了二楼，不大的空间里摆着不对称的两列桌椅，一边的桌椅能坐四个人，另一边的能坐六个人。艾红红说："以前没这么挤。"

我们已经过了午餐时间才到来，整个二楼只有楼梯另一边的小窗下坐着一个戴耳机玩手机的女孩。

艾红红说："以前只有这边，没有那边。"艾红红说着用手指圈着地方，说"那边"时手指着女孩的方向。

这边有两扇大窗户，位置有点高，坐下来透过窗户只能看到外面半空中的景物——树木以及树木缝隙中的高楼。

艾红红说："以前我就坐在这里。"说着她坐了下去。我在她的对面背对着窗户坐下，我需要侧着身，把背靠在墙上才能看窗外。我找了个舒服的姿势。

艾红红扫码点餐，问我要什么，她要请我。我也不客气，看着墙上的图片说要招牌冰红茶、猪手汤河粉，外加一碟油淋生菜。随后她点了自己的。

一会儿服务员先送上来两份冻的双皮奶，我没有点，那就是艾红红点的了。她让我先选口味，我要红豆味的，剩下的那一个是椰果味的。我们一边吃，一边客套着谈些不相干的话。餐上齐之后，我发现她除了叫了一套和我一模一样的，还叫了铁板烤鱿鱼、炸鱼饼和一份吉列猪扒。我不好意思起来，问她怎么点这么多。她说她之前来这里吃过两回饭，当时心情非常不好，吃东西都是硬吃，尝不出什么味，后来每次想起这里总想到菜单上的图片，就想什么时候来吃，但一直没来。"对，那时候，还是到收银台点餐，不像现在可以用手机扫码点。还好菜谱没怎么变，一直想来吃的品种都在。就这个猪手汤河粉吧，以前看着就反胃，后来又很想吃，这回终于是吃上了。"

"我知道你的故事不简单，我奶奶说吃饭时讲不高兴的事对胃不好，所以你可以先不讲，若想讲可以讲一讲不会影响你心情的小事。"

"你很年轻，你是90后吧？"

"不是呢，我是1989年的。"

"哦，那也差不多。"

"我只比你大七岁，但咱们看着像两代人。"

"嗯，我显小，又一直是一个人过，没结婚没生孩子。我奶奶说像我这样的人没什么愁，心不老。"

"你奶奶很疼你吧？"

"恨死我了！哈哈，我开玩笑呢。她蛮喜欢我，我也喜欢她，我们是好朋友。"

"可真好。一个人有好朋友可真好。有一段时间我也把奶奶当成这世上最亲的人，后来懂事了，发现她心里没有我，眼里也没有我。她的目光始终在我弟弟和堂弟身上，开口说的也都是他们两个。我的心慢慢凉了。后来我又把妈妈当成世上最亲的人，想为她分担家庭负担，但妈妈的心都在两个弟弟身上，我的心又空了。"

"还是先讲讲不太伤心的事。"

"那从我出生说起，你有兴趣听吗？"

"可以啊。"

"我出生于1982年。奶奶和妈妈都讲过我出生时的情况，说正是春天，农田翻过土，家人正在种生姜，妈妈突然肚子疼，这天我就出生了……"

我知道同一件事，往往有两个角度，于是问艾红红："这是谁的版本？"

"是我综合我奶奶和妈妈的版本。我觉得这样讲既不偏向我妈，也不偏向我奶奶。你听起来觉得偏向谁了吗？"

"没有，你这样讲述挺好，没有太大的个人情绪，比较中立。"

"对，我就是想理性地看待过去，就是你说的中立吧。那个时候，农村就是那样的情况，人都没有什么文化，也不存在现在讲的女性意识，所以不能怪奶奶做婆婆的霸道，也不能怪妈妈做儿媳的忍气吞声。"

"你说得对。我奶奶是城里的，但我的外公外婆是乡下的，我能理解你说的这些情况。"

"我的事再讲下去就有点伤心了。要不我也问问你吧，你讲你奶奶恨死你了又说蛮喜欢你，为什么呢？"

"这话虽然有点开玩笑，但也是真的。二十世纪八十年代末，下海潮、打工潮、出国潮正起，我妈生我时她所在的工厂正在裁员，我妈是新员工，第一批就裁了她，我妈想跟着我表舅下海，我就只好跟着我爸、我奶奶生活。我奶奶也是我们市一家国营厂的正式职工，还想往上升职的，因为要照顾我，工作受到影响，升职就没有她的份儿。奶奶还年轻，不甘心，还想再努力一下，然后就把我送去了乡下姥姥家，我直到读小学才回到城里。这时我奶奶升了个小官，可是工厂不行了，要裁员买断工龄，奶奶为了照顾我就买断了工龄。这样我奶奶就没有了工作，就在家给我煮饭，接送我放学、上学。又过了几年，奶奶的工厂被收购了，工厂原来没有买断工龄的又可以回去工作了，但我奶奶买断了工龄回不去了。所以你看，我奶奶是不是恨死我了？因为我几度丢了机会。对，这里得说明一下，我妈出国了，先是嫁了个德国人，又嫁了个法国人，再也没有回来过。"

"你恨你妈妈吗？"

"谈不上，因为没有印象。可能还是因为奶奶对我够好，我没有觉得谁欠我的,只有我欠别人的。"

"欠你奶奶的?"

"对啊!"

"但你们现在是好朋友?"

"是啊,我们后来是很好的朋友。但在成为朋友之前,我总觉得她就是妈妈。然后她就跟我讲她不是我的妈妈,她是我的奶奶,她认为我对身份认知不能混淆,否则会影响我以后判断人与人之间的关系。总之等我读高中了,我们就成了真正的朋友,能聊天的朋友,之后就一直是无话不谈的朋友。我觉得要不是她要照顾我爷爷,我走到哪里她会跟到哪里。好了,这就是我的故事,咱们聊天不是谈我的,主要是谈你,是你想让我了解你。"

"那是,那是的。"

我们吃不完所有的食物,两个人都吃不下去了。艾红红说:"我们出去走走吧。"我也觉得要出去走走才能消化食物,于是我们下楼,穿过两条小的街道,又过了北环大道往莲花山公园走去。也许我意识到艾红红要跟我讲一个长长的故事,在进公园前,我在门口的报刊亭买了两瓶水。

艾红红要付钱,我说就两瓶水,谁付都一样。

艾红红把我带到湖边,告诉我她就是在这里见到的阿明。

我说:"你还是接着上了大学出来工作讲,不然时间点太乱,我不容易理清前因后果。"

我们在湖边的长椅上坐下来,艾红红继续讲她跟校友一起到深圳之后的事。我觉得她还算理性，讲到对未来的期望，她并没有掩饰自己的私心。她想得到更好的工作，有更好的发展机会，于是跳槽到了一家担保公司做前台。

艾红红讲她的故事，我意识到一个问题，我、艾红红、方俊明，包括后来她讲到的阿明，我们有一个相同点，那就是，我们都是留守儿童。

我问她："你真不知道方俊明是方总的儿子？"她说："不知道，全公司的人都不知道，但可能谢爷知道。"艾红红起初并没设想会跟方俊明结婚，她甚至有点嫌他不太有出息，她是想怎么着也要找一个比自己强的男人的，这样她在深圳才有依靠。在方俊明未表明身份时，她也是喜欢他的，只是那是一种没有企图的喜欢，单纯的喜欢，这种喜欢是两缕孤独的气息聚拢促使的肉体相识，相互依偎。他们本身是两缕很弱的气息，很脆弱，经不起现实生活的插足，一旦有件具体的什么事就能把他们的气息打乱了。"假如，"艾红红说，"假如这时候有一个比方俊明强的人追求我，说他有车有房，要我跟他结婚，那我一定就抛弃方俊明跟人家结婚去了。"

我说："那方俊明不是很可怜？"

艾红红说不是的，她感觉到方俊明也未必是把她当成结婚对象处的，跟她一样，喜欢归喜欢，或者那个时候再有个什么人出现，方俊明也是可以放下她去跟别人生活的。就是说，那个时候，他们两个都没有遇到更好的，他们都很孤独，都需要有个伴，刚好他们认识了。认识了又愿意相处，或许因为喜欢对方，一种没有利益、干干净净的喜欢，更接近知己，或更像友谊，甚至就是因为互相怜悯。

我有点糊涂了，没有利益的喜欢不就是爱情吗？难道有利益了才会结合吗？

艾红红说："因为现实是利益的现实，人的情感成了次要的东西，甚至可以没有。比方你可以没有爱情，没有恋人，但不可以没有租房子的钱，不可以没有吃饭的钱。"

哦，我似乎懂了艾红红的意思。我就是这样的，我可以没有爱情，但不可以没有租房子的钱，不可以没有工作。这个时代，爱情不是必需品，它不过是生活的一个小配件，或者煮饭用的作料，没有哪个小配件，机器也会转，没有哪个作料，食物依然能填饱肚子，没有爱情，一个人也能过一生。

艾红红讲了下去。故事太长，我只能先跟着她的讲述过一遍再做思考。

天很快黑了。从湖面看天色比现实的天色明亮，也许是因为湖面映出的天是最高的天，人眼看见的人间是最低的人间。

二、布偶

1982年，艾红红出生。

正是春天，农田在解冻后刚刚翻耕完，一家人正在田间劳作，要趁着土壤松软把姜芽种下。曾大巧说肚子疼，婆婆说："才疼，还早，把这三垄种完也不到生。"曾大巧肚子大，朝前弯不下腰，就侧蹲，像练武的人扎马步那样，然后把姜芽从侧面丢下，每丢一个这么蹲一下，还蛮辛苦的，但这是最轻的活了。曾大巧继续侧蹲丢姜芽，小姑子负责运姜芽和丢肥，婆婆负责把姜芽摆正覆土。这最后一道掩埋工序需要些技巧，关系到姜芽能不能正常出土，所以得懂行的婆婆来做。

曾大巧肚子又疼，她用眼找了找丈夫艾有根，见他在地的另一头像只吃食的大乌鸦一样不停地点着头倒地垄，心想太远，把疼又忍下了。大家都在忙，连三叔子都在丈夫那边帮忙，曾大巧只好忍着疼，汗滴眼睛里了也忍着。三叔子远远看上去更小，像只小乌鸦跟在大乌鸦的背后觅食。

曾大巧跟艾有根上年秋上才结的婚，算是奉子成婚，这在农村是丑事，不可声张。若以结婚后一个月才怀孕的时间计，这时生，孩子算早产，早得还比较多，人们一算就知道是怎么回事了。婆婆一直嫌这事让她的老脸挂不住，日常生活里冷不丁就给曾大巧脸色，曾大巧懂，只好受着。她比丈夫有根大三岁，"女大三，抱金砖"也只是嘴上说的便宜话，男方还是有身在福中不知福的，多少觉得自己受了委屈。但谁又让他们找个大三岁的呢？她又没诓谁瞒了年龄！他们可是光明正大地由媒人牵的线，光明正大地来往的。可是那个时代搁农村无论如何都是婆婆有理的，婆婆知道她怀上了，就说是她勾引的有根。但是因为肚子里有孩子，婆婆还是接受了她，赶快安排他们结婚。有根是老大，下面还有一个刚考上高中的弟弟生根，一个刚上初中的妹妹新芹，一个还在上小学的弟弟长根，这一大家子有三个读书的，很是需要一个能干的劳动力协助耕种，田里的农作物才能有好收成，才能换成钱供弟弟妹妹读书，将来这个家才有指望。

　　公公是个锔匠，农忙时在家干活，稍有点闲就背着铺盖走街串巷赚零碎钱，走远了能走一两个月，走近了也要十天半月才回一次家。翻耕时公公还在家，翻耕完只剩下种姜时公公就走了，因为种姜不是多需要力气的活，翻耕后最重的活是倒垄，这个活有根能干，剩下的种芽和灌水的活更轻。婆婆什么都会，她向来是个里外能手。

　　曾大巧又一次侧蹲时听到自己的肚子嘭的一声，随后觉得裤裆湿了，她这才哇一声大叫："娘，有根，我要生啦！"她这是本能地叫，忘了婆婆的威严。还好，她也是有妈妈的人，妈妈告诉过她，肚子疼了不一定就是要生，但要是羊水破了就一定是要生了，要马上躺平了，别让羊水流太快，不然孩子没出来羊水先流完了就麻烦了。

她躺下了，婆婆才过来看她，田地另一头的丈夫也才过来。婆婆翻翻她的身子，说裤子都没湿，不是多大的事，起来吧，回家生。丈夫也要跟着回，婆婆说男人不能沾手这种事，叫他留地里把收尾的活做好，把开了垄的地种完，浇灌完水，不然种好的半垄姜嫩芽就会干死。十五岁的小姑子在不远处，看嫂子躺下吓着了，不敢上前，等大哥扶起嫂子，她觉得自己是女孩应该能帮上忙，也要跟着回去。婆婆说："你一个黄毛丫头起什么哄，跟你大哥把活干了。"曾大巧站起来后感受了一下下身，又用手朝后摸了摸，发现裤子是没有湿，也认为没有大碍，然后试了试腿脚还能走，就自己迈步往家走。

进村时，婆婆要去请接生婆六婆，让曾大巧一个人回家。六婆是族里的长辈，跟他们连着亲。六婆到了后见曾大巧自己还把床铺得好好的安静地躺着，嬉笑着不紧不慢地洗手，说："大孙媳妇，可别担心啥，听六婆的，包你生个大胖小子。"曾大巧还是害羞地问："你就看出来是个小子了？"刚说完一阵疼上来，曾大巧嗷嗷直叫。六婆也不管她，继续在桌子上摆开接生工具，直到全部摆完了，才过来按按她的肚子，又对曾大巧说："过我手多少个，看不走眼的。"总之六婆对曾大巧挺耐心，大人没伤多大元气，小孩子也顺顺利利地出来了。六婆抽打几下新生儿的屁股，一时孩子啼哭响亮，一声

二、布偶 | 033

高过一声。曾大巧看到新生儿,见是个女娃,说:"六婆您这还是看走眼了?"六婆笑,说:"要告诉你是女娃你能这么使劲生?"

曾大巧生下孩子时,学校刚放学。虽然家里没有时钟,但曾大巧对时间记得还是很清楚的,因为三叔子长根的同学来他们家给请假的长根送作业。她问婆婆给孩子取什么名字,婆婆早知道是女孩,用平静的语气说:"叫啥不好?你看着叫。"曾大巧想起她的好朋友闫三红嫁到城市去了,嫁得比她好,就想要女儿将来也好,给女儿取名叫红红。等女儿上小学了要取学名,才加上家姓,叫艾红红。

曾大巧这年二十三岁,她大有根三岁,有根刚刚二十岁。

这时农民已从人民公社的大生产队分田到户,农民自己有田地了吃得饱,曾大巧和艾有根又都是年轻人,身强力壮,艾红红生下来体质也很好。大人上田地干活把她放地里晒,放地里爬,她一上午一下午没人管,吃着泥巴,跟虫子、树叶玩,没病没灾地就会自己站起来走路了。

农村头胎是女孩的可以生二胎。艾红红刚走稳,曾大巧又怀上了,这一胎是男孩,叫艾大锋。生了男孩就不能再生了,曾大巧去大队里上了环。艾红红带着比自己小两岁多点儿的弟弟艾大锋,两个人形影不离地长大了。艾红红会掰着手指头数数了,知道自己是六岁,也知道六岁能上学了,想要妈妈给做个书包。妈妈说上学才用书包。艾红红说:"我要上学。"妈妈说等等弟弟,跟弟弟一起上一年级。艾红红还不会讲大道理,等了弟弟两年,然后他们姐弟俩就上了同一个班,艾红红八岁,艾大锋六岁。在学校,弟弟受人欺负她护着，弟弟作业不想写了她替着写，她护弟弟是天经地义的事，从没有想过应不应该。

艾红红还没读几年书，姑姑新芹就定好了婆家。她常常偷偷看姑姑，然后明白了大人们的心思，她就想到了她将来也会像姑姑一样初中毕业就要下学干活，好挣钱给弟弟读书，然后等身子长圆了就要说婆家。

农具放时间长了零件会脱落，不承想时间长了，曾大巧身上的环也会自然脱落。脱落了再去上还要出钱，曾大巧没及时去补环，不小心又怀上了。曾大巧不想被大队里知道，怕人说闲话，想着偷偷地去县城堕胎。艾新芹这时已经出嫁了，嫁了个县城职工人家，婆姐在医院妇产科。曾大巧找到新芹想做 B 超看看，怕是男孩打了可惜。一看真是男孩，曾大巧想多一个男孩将来家里的劳动力多好干活，想留下来。她躲在城里没回去，让有根回去捡点东西跑路。有根没敢直接说他们要跑路，先是跟一家人商量要不要生。说是一家人，也就是他加上爷爷奶奶，艾红红、艾大锋并没有参与。他们商量的结果是生。生下来，十八年后那可是一条好汉，怎能不生？而那时计划生育紧得不行，要想生下来只有一条路——跑。

艾红红的爸爸妈妈跑了之后，杳无音讯，直到 1995 年，家里才收到消息说他们去了杭州郊区给人种菜，还给家里寄了一千块钱。1995 年一千块钱对于农村人来说是很多的钱。艾红红读小学时，小学还是五年制，她和弟弟秋上就要小学毕业了，正愁要不要上初中，现在家里有了钱，艾红红就可以继续上学了。初中在镇上，离家远，需要住校，她还是跟弟弟同一个学校，只是她成绩好被分到了甲班，弟弟被分到了丙班。他们同在一个学校，艾红红做完自己的作业就去辅导弟弟。

艾红红考上县高中了，弟弟没考上，留下来复读。这时他们的那个偷生的弟弟艾杭杭六岁多了，爸爸妈妈带着钱风光地回来了，给弟弟交了罚款，上了户口，让弟弟在老家读小学。

爸爸妈妈把艾杭杭送回来读书有两个原因：一是艾杭杭是外地户口，在杭州读不了公立学校，只能读私立小学，私立学校学费太贵，他们舍不得烧那些钱；二是村里许多人盖了新房，他们想多攒些钱盖房子，若不供艾杭杭在杭州读书，可以省下不少钱盖房子。这时艾红红的爸爸妈妈为了供三个孩子上学，早不在郊区给人种菜了，他们摸熟了门路，改在杭州城里卖菜。

艾红红考上了大专，三年读了两年，想着要不要升本科接着读。但这时艾大锋还在高三复读，艾杭杭小学毕业要升初中，要住校，眼看着费用又要增加，艾红红想知道爸爸妈妈到底能挣多少钱，够不够他们姐弟三人上学用的，就想去一趟杭州看看他们。

爸爸妈妈住的地方很拥挤，是跟人合租的一楼，厕所公用，厨房公用，洗澡只能提着桶在自己的屋里擦。艾红红去了跟妈妈睡床上，爸爸打地铺睡地上。艾红红住一天就住不下去了，就想着回校赶快出去实习，好给爸爸妈妈减轻些负担，最起码有钱住个独立的房子。

爸爸有一辆摩托车，妈妈有一辆人力三轮车，晚上都要用大铁链子拴在他们房间的窗户下，有个猫跳上去，妈妈都要支棱起耳朵听听动静，判断一下是不是小偷偷车子。曾大巧说他们丢了好几辆三轮车、摩托车了。

这一天夜里，爸爸三点起床骑着摩托车出城去人家菜园子里进菜。爸爸走后，艾红红问妈妈，爸怎么起这么早？妈妈咕噜着回她，不等把话说完又睡着了。艾红红听了再也睡不着，她想着妈妈的话，六点要折回，七点要把菜弄到菜摊上，一上午卖不完的菜，妈妈还要踩着人力三轮车走街串巷卖。妈妈说她现在还算好的，有三轮车，以前都是挑担卖……

爸爸妈妈才四十多岁，艾红红看着他们又胖又老，怜悯就上来了，想着她读书的钱都是爸爸妈妈这样挣来的，很过意不去。她不敢提继续读本科的事了，想早点出来挣钱，减轻爸爸妈妈的负担，他们这个家除了要盖房子，还有两个等钱读书的弟弟。

艾红红大专读的是商务文秘，听说这专业在大城市里好找工作，给人家做秘书或者到办公室里做文员风刮不着雨淋不着，可是她投了好几份简历也没有收到录用通知。大三上学期眼看快要结束，同学们走得差不多了，艾红红想冒险跟着同级的校友去深圳试试。快元旦走的，到了深圳住到白石洲城中村里的五元店。早来的同学已经进公司上班了，也在帮她联系工作。一个星期没有结果，她有点着急，同学说快过年了不好找工作，不如先回家过了年再试。回去得几百块钱路费，艾红红不想回去，她自己熟悉了周边，也买了

《深圳特区报》看招工版，根据报纸上的提示到指定的人才市场招工展位去递简历，她这才发现她的简历就是一张白纸，读的也不是好学校，想找一份好工作并不容易。艾红红眼看着手里二百多块钱快花完了，同学们也没有跟她再联系，她才觉出是自己天真了。发现自己天真是成长的开始，一般先是心冷了下来，再就是不会指望谁。艾红红决定靠自己，她想起她的爸爸妈妈在菜园子里都能活下来，她为什么不能先活下来再说呢！艾红红想好这些，根据路边贴的招聘信息，找了一份给人洗头的工作。

人有了固定睡觉、固定吃饭的地方，心里就不慌了。工作之余，她也观察很多事情，她发现给人洗头没有餐馆服务员的工资高，于是她拿了一个月的工资从美发店出来就去做了餐馆服务员。

艾红红发现自己虽然学的是文秘专业，但她并不怎么会用电脑处理文件，她想拿工资后第一件事就去学电脑。那时学电脑的纸片广告跟路边贴的招餐馆服务员的广告一样多，艾红红就觉得需要会操作电脑的公司可能就像需要服务员的餐馆一样多。

过了年，艾红红领了工资，她就近找了一家私人培训机构开始学电脑。

学了三个月的电脑，基本会些操作了，她又报了一期继续学。继续学习还是要用钱，她不敢换工作，在餐厅工作挺好，一天十个小时，并不觉得有多辛苦，她想把这份工作做到返校，除去交学费，还得再攒点返校的路费。

回到学校，同学们问起实习的事，个个都说得很好。说很好的应该也不是假的，人都大变样了，烫发、化妆，穿时尚的衣服，只有艾红红穿得简简单单，还像在校时的穿着。有人说她的脑子不活泛，她觉得人家说得对，但怎样做才是活泛呢？也没人教教她。

这一年，艾红红毕业，弟弟艾大锋考上省城里的工业大学计算机系。

艾红红很快又回到深圳，别人是坐飞机来的，她还是坐火车。火车也不是卧铺，还是硬座，硬座能省一半的钱。

艾红红先住进了校友在桂庙新村里的农民出租房里，因为有了毕业证，她很快找了一家酒店前台的接待工作。酒店是四星级，同事都穿统一的制服，在穿衣上看不出个人的高低品位，但在化妆和名字上区别很大，那些化妆化得好的人洋气，名字也很洋气，她跟领班实习一个月后独立当班时也改了名字，把艾红红改成了艾倩。聂小倩的"倩"，叶倩文的"倩"。不但口头上改了，工作牌也改了。酒店是同意员工改名的，做他们这样的工作，名字洋气点好。

这年，本来在这个城市管理上松动了的暂住证，突然因为什么又严查起来，酒店要求人人持暂住证进入酒店集体宿舍。艾倩刚从同学的出租房里搬进集体宿舍，这时严查，她只好又让人从家乡开证明在深圳办理暂住证。暂住证上她还叫艾红红，但她只在很少的时候叫艾红红，比方路上突然遇到查暂住证的时候。

艾倩觉得生活一时又像是在学校时住宿舍一样，但与在学校住宿舍最大的不同是，大家只要醒了就化妆，化了妆就换上漂亮的衣服出去玩，一回来都是醉醺醺的，有人疯狂大笑，有人呢喃低哭。这个工作三班倒，一班八小时，她一时有了很充足的个人时间。过于充足的个人时间意味着孤独，她孤独了，就想给谁写一封信，但这时已是2004年，大部分人在用手机，是用网络联络，谁还需要写一封信来问候他人呢？或者谁还希望等着一封信来聊天呢？她记得上次手写信还是刚上大学时，她给弟弟写信要他好好学习，告诉弟弟大学生活没有高中那么紧张，除了需要按时去上课，其他的时间都是自由的，自由到心慌，但又像在飞翔。艾红红想起这个，觉得那时与眼下是两种不同的孤独，那时的孤独里有期望，而现在她能期望什么呢？

又过了年，她觉得酒店工作做到顶不过是当个大堂经理，还得性格好，人要开朗，能随机应变。她想，先不说将来自己业务能力怎么样，就是性格上的这些要求，自己就未必是合适的人选。她性格好是因为不想与人争执。她并不开朗，跟同事还好，跟客人根本不可能开过头的玩笑，她紧张、警惕，也反感陌生人的靠近和试探。她也不机灵，遇事虽能忍耐，但不能马上应变，她常会愣一会儿，然后才能有些反应，还不一定是对的。酒店前台的这份工作不算难，若是她都不能做到优秀，她还能指望去做一份怎样的工作呢？她嘲笑自己，想不通自己是怎么回事，也看不清前方的路在哪里。但有时她又是不甘的，还是想像其他同学一样进公司当办公室白领，也许那里有更适合自己的工作，有很好的发展空间。这个念头有时能战胜心底对自己的嘲笑，一旦战胜，她就会抓紧时间往人才市场跑。

刚过完年不久，正是找工作的好时候，艾倩倒应聘了几份工作，却都是小公司，去面试时，有的办公室三五个人，有的空荡荡的，有的办公室的顶灯都不开齐，看上去阴森森的，加上岭南春天的气候潮湿，她都觉得那样的办公室有一股阴冷之风。

好不容易在科技园找到了一家看上去明光闪闪的公司，公司在十楼，说是做金融的。金融听上去就是高大上的行业，要么是银行，要么是证券，而这家公司既不是银行也不是证券公司，他们具体做什么艾倩并不知道。

她应聘的工作是办公室文员。面试完，人事主管问她前台文员做不做，她问有什么区别，人事主管说："办公室文员是服务办公室具体的文书工作，牵涉公司的具体业务，没有相关工作经历很难一下子上手，所以，你如果愿意，可以先做前台文员，这个工作比较宽泛，要求没那么高，你可以考虑一下。"

艾倩想了想，她进公司大门后，在等前台通传时，看见前台站着一个人正在跟接待人员交代工作，要她先去招商银行，然后去现场测量，还要请到什么专家，都是她听不懂的话。她想，听不懂是因为她外行，他们说的一定是与工作相关的事。这是她未知的行业，虽然只是前台文员，肯定也能接触不同的知识。可能正因为这一切所见所闻都是未知的，又因为未知对她来说是最大的诱惑，艾倩接受了前台文员的工作，开始实习，名字还是叫艾倩。不管在哪，名字就是一个代号，这边的人事并不追究，人事知道她本名叫艾红红，也说阿倩是比阿红洋气。

二、布偶

她想在新工作上表现好些，至少不要看上去笨笨的，就诸事留了心。也许之前的两份工作的经验帮了她，她从中学到了一些基本的处事经验，第一天上班她感觉自己表现得还不错。然后，她要求自己再多点耐心，显得有礼貌，务必给别人留下有素质、有教养的印象。

第二天上班，前台的工作就发生了变化，不再是像第一天有人带她做事了。昨天带艾倩的那个前台女孩被调去了办公室做业务助理，这一天带她和跟她一起进公司的张小艺的是另外一个女孩，而昨天那个女孩并没有出现在公司。女孩只比她和张小艺早来三个月，好像业务很熟，叫她们好好学，回头等她也去办公室做业务助理了，艾倩跟张小艺两个人都要能独当一面。艾倩想，若是在酒店，这个女孩就是她们的领班，但是这里好像没有领班一说，艾倩不知道应该怎么称呼她，就请教她："我们该怎么称呼您呢？"她用的是"您"，这样显得她对人很尊敬。"别您、您、您的。"女孩子说，"也不用怎么称呼，就叫我名字好了。"艾倩说："那是叫您的名字还是叫您姐？"

"我叫胡薇薇，你们叫我胡薇薇就好。别姐、姐的，显老。"胡薇薇本来挺严肃的，说完这些扑哧一笑。

艾倩和张小艺见胡薇薇笑了，都一身轻松，相互望了望，也都知道她这笑不是因为开心，不过是为了显得她对她们态度好。

胡薇薇个头高，细眉杏眼，鼻子略塌，厚嘴唇。据说她做过空姐，做过平面模特。妆容化得很高级，眼影是暗咖色，涂得很均匀，眼线很细，贴的假睫毛一根一根地往上翘。艾倩想她永远也化不出胡薇薇那样精致的眼妆，就是化出来了，她也没有那样媚的眼睛。

张小艺就是来面试前台文员的，穿衬衫和半裹裙，三围看起来是很标准的中码，有凸有凹。相比胡薇薇，张小艺的个头还要高些，身材差不多，单看五官，哪一个都比胡薇薇好看，但整体上看就是觉得不如胡薇薇精神，是妆化得不好，还是衣品不如胡薇薇？艾倩一时想不好。但艾倩看出来张小艺有点怕胡薇薇，本来张小艺比艾倩高半个头，却要退到艾倩身后去，所以问胡薇薇什么话都是艾倩说，张小艺不开口。

胡薇薇很忙，一会儿被老板办公室的人叫去了，一会儿又被哪个总叫去了。好不容易歇一会儿，胡薇薇又坐下来打内线问几个经理中午吃什么，一边打一边记下餐厅名和饭菜名，一会儿记了几张便笺。记好这些，胡薇薇问她们俩："你们做过这事吧？照着餐厅订餐，叫他们十一点五十送来，不要送早了，也不要送晚了。"张小艺忙说自己没做过这事。胡薇薇冲艾倩说："那你来。"又质疑什么似的说，"不会你也没做过吧？就订个餐。"

艾倩忙说："做过的。"

"那行吧，你来，以后这活你来干。主要是吴总、李总、谢总、方总和他们的秘书，其他人的让你叫你就帮忙叫，不让你叫不用去问，他们会自己叫。"

艾倩觉得她这就是领班的威风嘛，心里虽这么想，还是忙答应着。艾倩以前在酒店前台时帮客人叫过餐，也给自己叫过外卖，叫个餐并不是难事。但在这个公司还是第一次干这件事，所以她还是特别谨慎，先是照着胡薇薇给她的几张便笺读了一遍，跟胡薇薇确认餐名和餐数无误，然后照着不同的餐厅订了不同的快餐。有了第一次，之后这活果真就是她做了。

下午办公室的人出去办事的多，差不多下班时，胡薇薇带她们俩去了趟大办公室熟悉环境。

大办公室在前台照壁的左边。进去之后，又分左右两侧，右边是一分部，左边是二分部，大厅除了有三排格子卡位，每个分部都有自己的接待室和经理室。接待室的门敞着，沙发、茶几、开会的长桌都干净整齐，投影仪等各种高级办公设备俱全。经理室的门关着，灯未亮，不知道里面有没有人。熟悉了办公区域，接下来熟悉资料室，以复印、打印为主。然后是公共茶室和大小三个会议室。胡薇薇告诉她们，公司里的人喝茶什么的不用她们管，工作人员需要什么都是自己动手，经理有自己的秘书，喝茶也不用她们管，她们只需要定期查看这里缺什么补充上就行了。需要前台管的是资料室和会议室，但这也听上面安排，安排了才去做。胡薇薇说到这儿自己妩媚一笑，说："时间长了你们就知道了，他们部门之间都有自己的业务机密，不想让别人插手，所以他们的资料一般都是自己动手打印、复印。至于会议室嘛，我们也就是做个准备和收尾工作，事先泡好茶，摆好位，开好投影仪，他们开完会了照样收拾好就行了。清洁工作每天都有清洁工阿姨做，不用咱们，但咱们要查看阿姨打扫得干不干净。总体说咱们前台的工作还是很轻松的。所以嘛，咱们也会帮着他们做一些事情，跑个腿啊、做做助手啊什么的。如果哪个经理或业务员觉得你不错，就会提拔你去做助手，这样，你就可以学习一些业务，将来也做业务员。业务员的工资无所谓多少，主要是提成，也许做一单你就发了。所以吧，听话点，好好干。"说完，胡薇薇瞪着她们俩问，"能明白我的意思吗？"

张小艺这次很主动，忙说："能明白！"多诚恳的态度。

艾倩也忙说："能明白。薇薇姐多指点。"

胡薇薇说："怎么又叫姐，多显老，我年龄不大好不好？叫小胡、小薇、胡薇薇什么都好，就是别叫姐行不行？"

艾倩一愣，之前在酒店习惯这样称呼人，越高的领导越要叫什么姐，显得亲切。但人家既然不喜欢就不能再叫了，忙道歉说："对不起，我又忘了。"

胡薇薇有时晚上会被哪个经理叫去陪客户，说文雅点叫招待客户，这样第二天她有可能下午才来上班，有时候也会整天都不见人。

有一次张小艺找不到资料柜的钥匙，知道可能在胡薇薇手上，但她不敢给胡薇薇打电话，想让艾倩打。艾倩奇怪她为什么这么怕胡薇薇，就问她："你是真的胆小还是不想得罪她？"

"也不是胆小吧，就是觉得她怪厉害的，怕哪一句不小心惹她不高兴。"张小艺说完反问，"你不怕她？"

艾倩想以前在餐厅领班多凶的没见过，胆子确实练出来了。后来在酒店上班领班倒和气些，但客人一个伺候不好就脾气大得不行，她也是见过的。可是她不想把自己在餐厅当服务员的经历告诉张小艺，只说："我上一份工作的领导脾气也大，习惯了。"

"我跟你说，我就实习过一个月，还不会干什么就来这里了。"

"噢，那是。你真幸运啊。"

"也不是多幸运，我的同学都在外企上班。"

艾倩看张小艺一眼，问她："你是学什么的啊？"

"西班牙语。"

"什么？"艾倩一时反应不过来。

"西语系的西班牙语。这语言不好找工作，学英、日、德语的好找工作，都去外企了。"

艾倩明白了，张小艺比她上的大学好。艾倩想，张小艺应该是城市里的女孩。她知道这意味着什么，她不想再往下聊了。

"高中时我的成绩不怎么样，小语种好考，我妈就让我考了小语种。我家条件不怎么样，也去不了国外，所以只能在国内找工作。"张小艺又说，"将错就错呗，我妈说先工作着，以后再考研究生。"

艾倩想，还要考研究生，家里条件还不好？但她只是看了看张小艺冲她笑笑。

"我妈是中学老师，我弟是超生的，放在我舅舅家养，读初中了才住到我家。有了我弟，我妈就很怪，跟我弟亲昵得不得了，好像是哥儿们一样，我周末回家进门都不看我一眼。唉，现在我弟要考大学了，我妈说先供我弟。口口声声说男女平等，其实还是向着男孩。就这还自称是一个知识分子。"打开了话题，张小艺有止不住聊下去的欲望。

艾倩说:"还是先给胡薇薇打电话吧,一部三点要开会,咱们还要提前布置好会议室。"

张小艺问:"真要我打?"

艾倩说:"为什么你不能打?本来一直是你复印材料的。"

张小艺受惊吓了一样看着艾倩。艾倩心里一紧,觉得口气硬了,忙补偿一样柔声地说:"就打个电话,没关系,打吧。"

张小艺用前台座机拨通了电话:"你好薇薇,艾倩叫我给你打个电话,问你资料柜的钥匙在哪。"

艾倩就在旁边站着,心想,怎么是我让你打的,难道不是你的工作需要?但她没说什么,继续忙着自己手头上的工作。

这是一家担保公司,这个行业一时大热自有它的原因,它们的主要业务是给个人和企业向银行贷款业务中的资产做担保,若借款企业到期还不上,担保公司就负责还上,再与企业私下解决抵押资产问题。之所以会有企业不直接向银行贷款,而需要找第三方担保公司,多数是因为企业的抵押资产不足或不能满足银行要求,等于企业把不合银行要求的资产抵押给担保公司。企业如期还上贷款自是三方的好事,若真的有企业还不上钱,原抵押资产部分就由担保公司接手盘点拍卖出去。

工作一段时间之后,艾倩知道这家担保公司只是一个企业的子公司,它的上头是一家房地产公司,担保公司拿出去拍卖的地皮多数是由上头的房地产公司拍去,这是一个公开而又隐秘的业务链,她想明白其中的关系后,常常脊背发冷,促使她时不时地要挺直身子。

艾倩和张小艺都通过了三个月的实习期，签了一年的合同，这样她们俩也算是公司里的正式员工了。

艾倩和张小艺也有被叫去招待客户的时候，她俩都不像胡薇薇能喝酒、能劝客人喝酒。几次之后，艾倩精明了，反正自己不能喝也不能劝酒，干脆躲到茶水间做沏茶倒水的工作。这个工作待在茶水间就好，除了备茶水，还帮忙催菜、分汤、开酒瓶和备酒。这些自是有专业的服务员做，她就是监督，偶尔搭把手。但有时会有经理过来交代些事，比方给他的酒壶里掺点白开水，给谁的酒壶要专倒好酒。而这种事是不能交代给服务员做的，只能是自己人来干。请客的酒宴有大有小，大的二十几个人，小的几个人，人少的请客多不需要叫到艾倩和张小艺，胡薇薇一个人就行了。

躲到后面久了，一天，艾倩发现张小艺已经很厉害了，她本来也是漂亮的人，因为喝了酒人就开朗了，笑得眉眼生辉、落落大方，有时主动搭到男客人的肩上劝酒，有时还会被客人拉起来喝上一杯交杯酒什么的。艾倩想，大约这个时候，她也就顾不上害怕胡薇薇了。

艾倩看胡薇薇，胡薇薇坐在主位的左手边，一边是客人，一边是公司的吴总，客人和吴总都嬉笑地看着张小艺跟客人喝交杯酒，胡薇薇则低着头耐心地吃一碗鲍翅盅。

有一次上班，张小艺跟艾倩说："薇薇以前是在工厂做工的，她没有读过大学。"

艾倩说:"她做过空姐,有大学文凭的,你别乱说。"

张小艺一乐。

有次是小宴,张小艺也去。艾倩则不用去,准备下班。

但那一次后张小艺几天高兴不起来,艾倩觉得不对劲,然后有一天见吴总特意走到前台跟胡薇薇说话,告诉她下午准备好车跟他一起去机场接人。

胡薇薇走后,张小艺默默地说:"咱们都做不来。"

艾倩也是见胡薇薇不在,放松了,按捺不住好奇,问:"她怎么做到的,这么讨吴总喜欢?"

张小艺说:"反正吧,咱们都做不来。我还是要考研的。"

艾倩想她自己并没有更好的出路,只能是把工作做好了,等待别人的信任与青睐找上门来。但假若有一天她真被调去学习做业务,她能不能胜任呢?她还不知道。

年底公司更忙,总是有大宴席,艾倩依旧自愿在茶水间做分酒分汤的事。新员工方俊明到茶水间找她,叫她把他的白酒分酒器里掺些白开水。掺过水的白酒分酒器玻璃壁容易挂水珠,要勤换新的分酒器。艾倩看着这个消瘦文弱的新员工还是个学生样子,就特别留意了他,记得他的需求。但方俊明看上去并不是宴席里多重要的人,有时还要听从哪个总哪个经理的安排过去敬哪个客人,艾倩也没多把他当回事,只是把他的需求和吩咐当成正常的工作去做。方俊明一喝酒就脸红,洋酒、白酒、红酒都是,这样的宴席又不可能喝啤酒,他喝酒给人一种受惩罚的印象。有时挨哪个总批评几句,又多是怯懦的样子。

一来二去，方俊明似乎跟艾倩熟了，常会跑到茶水间来，用他的话说是出来躲一会儿。艾倩会意，知道有时在酒桌上坐着都是煎熬。

新来的财务总监谢总是刚从某个国有银行深圳分行退休的副行长，被方总请来做公司融资方面的风险把控。因为来头大，叫顾问都觉得轻了，给挂了财务总监头衔。原财务总监也还是财务总监，公司为了给谢总升一个级别，给他在总公司那边还挂了一个副总裁的头衔，但他的主要工作还是在担保公司这边，因为有总公司给的头衔，他在担保公司的地位就是仅次于方总的。艾倩搞不太明白公司的背景，方总不是公司的大老板，但公司归她管理，所有人都听她的。

方总称谢总谢爷，公司上上下下就都跟着叫谢爷。

谢爷熟悉银行信贷，懂它们的风险把控。原财务总监的工作本来有很多要与银行商议才能制定的方案，现在直接在谢爷这里规避掉了，这大大提高了担保公司的业务效率。

谢爷并不常在公司，公司没有给他配专门的助理和秘书，他需要别人协助的工作就成了原财务总监的事。谢爷不会用电脑打字，文件还是手写，他写了要转换成文件就只好找人帮他打出来。正常的情况下原财务总监把这活交给他下面的人处理，事情发生了转化是在方俊明突然被调给谢爷，给他当助手后。公司一片哗然，想一个新员工能有这待遇，那方俊明的来头肯定不小。因为公司里有好几个这样的先例，都是哪个政府部门谁的亲戚。这样的人业绩好，工资高，还不用天天到公司来坐班。但方俊明与他们不同，之前手上一直没有业务，还需要天天来公司朝九晚五坐班。

方总是担保公司的股东之一，是公司的注册会计师。后来胡薇薇神气地说，方总可是中国第一批拿到注册会计师资格证的人呢，好像是在说她自己一样。担保公司很多业务需要有注册会计师资格的人才能协办，所以方总在这个公司地位是显而易见的。方俊明和方总都姓方，大家怀疑过方俊明是方总的什么人，但见他穿着普通，做人谨慎小心，又觉得不像。要知道方总只要来公司露面，没有哪一次不是从头到脚闪闪发光名牌傍身的，你能从她的那一身行头上看出她是有钱花不完的那一类人。胡薇薇说方总的衣服和包没有一件是在深圳买的，虽然深圳市场上也有很多国际品牌，但方总还是从香港买，觉得香港不会有假货。若方俊明是方总的人，那方总多多少少要关照的吧，方俊明哪能像现在穿的那样，普通的衬衫，普通的西裤，领带有时还皱巴巴的？就公司现有的人际关系网来看，一条一条的帮带关系明明白白，但凡方俊明跟方总有点关系，多少能不沾点财气？多少能不沾点霸气？

因为艾倩帮着掺酒，方俊明与艾倩较熟，有时也请艾倩帮忙处理些事情。艾倩也问过方俊明的来头，方俊明说他是从某个财大毕业的，学的就是金融，专业对口吧。艾倩觉得方俊明之所以能做谢总的助手，也许还因为方俊明看上去很老实。方俊明做了谢总的助手后，谢总的手写文件就由方俊明处理，方俊明又给艾倩处理，有时内容太过机密，艾倩还会被叫到会议室单独处理文件，这使胡薇薇很好奇那些文件都是什么内容，艾倩当然不能说，只说她也看不懂，只是帮忙处理文件。有时文件是方俊明打好字让她过去帮助处理一下格式，插入些特殊字符，编排下抬头和页码。

前台确实是打杂的，什么事没人做都会交给前台，在艾倩闲时她基本随叫随到。但胡薇薇也告诉她，前台安排工作的话还是要以前台的工作为主。艾倩说知道，真忙起来了她还是听胡薇薇安排。艾倩这样说胡薇薇就满意了，没过多久，艾倩也就不那么关心方俊明的事了。

日子像齿轮上的牙齿，一个咬合着一个地来了又去，去了又来。一晃到了春节假期，艾倩给弟弟艾大锋汇了一个月的工资，叫他给他自己和艾杭杭买些衣服和学习用品，然后告诉艾大锋她不回去过年了，虽然转正了拿的是正式工资，还是要省着点，过了年给他添台电脑。买电脑这事艾大锋几个月前就跟她提了，那时艾倩刚转正，又租了房子交了押金，就拿不出给艾大锋买电脑的钱。艾倩觉得要把过了年给艾大锋买电脑的话先说出来，这样，艾大锋拿到她汇给他的过年钱就不会私藏。这个弟弟是她一手带大的，她很了解这个弟弟的心性，他嘴上答应的事不一定代表他的心。现在他大了她更管不住他的，只求他上进就好。这是艾倩第三个年头没有回家过年了，她不想回去，她担心妈妈又要她定亲，然后跟人家要个十万八万的好买砖买钢料盖房子。

确实，他们没有家，当年的黄土坯房子还剩截墙立着，黄土坯因长年风刮日晒已发白,在村子里很是扎眼。爸爸妈妈回家过年都是住奶奶家,几个人住一间房子,木板支的床铺连成一片,睡着爸爸妈妈和两个弟弟。艾倩小时候带着弟弟就睡那里,过年爸爸妈妈回来跟他们挤一块,若是现在她回去了,自然还是要一家五口挤在一起的,所以她不想回去。这几年她为了不回去找了太多借口,为了省钱不回是最好的理由。虽然去年妈妈说给她看好了一户人家,定了亲对方就下彩礼,那样就不需要她省钱了,就能马上盖房子了,但她怎么也说服不了自己因为彩礼去结婚。她想想有时会心里发笑,要是她结了婚,家里盖再大的房子不是也没有她的份吗?她想想又觉得不帮家里是不是太自私了?爸爸妈妈可没有因为她是女孩而不供她读书!想来想去矛盾得很,还是不回去吧,眼不见心不烦。

因为不回家,公司安排值班,就把艾倩排上了。值班有值班费,艾倩也乐意。大厦物业有保安,财物安全方面并不需要担心,说是值班,其实就是保持电话畅通,随时可以到公司,并不需要人真的到公司去坐着。

公司放假到年初八,年初九按吉时开工。年初八下午,艾倩和方俊明到公司开门通风,安排清洁,他们俩实在无事做,方俊明叫了两套下午茶在前台的休息区用。可能因为不是正式上班的时间,两个人都很轻松,谈话坐姿亦都不讲究了,怎么舒服自在怎么来。聊到开心时,方俊明告诉艾倩他是梅州客家人,问艾倩是哪里的。艾倩说是安徽的,方俊明说他去过苏北,记得苏北和皖北在地理上是平行的。艾倩说从地理上说确实是这样，但她没有去过苏北，她在省内读的书，除了去过一次杭州其他哪也没有去过。方俊明问是不是去西湖旅游，艾倩说不是，是去看爸爸妈妈。可能因为太过放松了，她没有想到会主动提到爸爸妈妈，就及时收了口。方俊明似乎没有感觉艾倩哪里不对劲，问艾倩爸爸妈妈在杭州工作吗。艾倩沉默了一下，把刚咬了一口的葡式蛋挞又搁在桌子上。她嚼着嘴里的蛋挞，蛋汁的腥香和糖的甜让口中生津，她忙捂了嘴，怕口水溢出来。她指指嘴，意思是她在吃东西。方俊明脸红一笑，说噢噢。艾倩见方俊明歉意地脸红，想这是个善良的孩子，因为小小失礼就能脸红。

艾倩喝一口柠檬红茶，想了想说：

"我爸爸妈妈是卖菜的，在菜市场摆摊那种，我和弟弟读书的钱都是爸爸妈妈一把一把地卖菜赚的辛苦钱。所以我过年不回家是想省点钱帮帮家里。"

艾倩说得很真诚，眼睛看着蛋挞的流心流到纸盘子上。她本来想看看方俊明的脸色，又怕方俊明看不起她。

方俊明说："噢，卖菜，我小时候也跟阿婆一起卖过菜，我算术好，帮阿婆算账。"方俊明说到这儿犹豫了，似乎在等待艾倩有什么反应。艾倩没有反应，气氛一时尴尬得很。

还是方俊明先开口了："后来阿婆去世了，阿公也不种菜了，带我到县城里读书。"

艾倩这才抬头看方俊明，说："啊，咱们都是苦孩子！"说着两个人笑了。

公司大，清洁工抹灰吸尘做了三个小时，做完已过平时下班的时间了，于是两个人约着一起吃晚饭。

艾倩回忆，这应该是他们两个人爱情的开始，虽然两个人那一天什么都没有表明。

初九是开工的日子，员工没有全部到齐，公司大老板和方总都到了，先是按广东本地风俗举行了开工仪式，然后是大家排着队领大老板和方总的利是。做完这些，各部门员工又会去找自己部门的领导再领一次利是。方俊明给艾倩送了一个谢爷的利是，艾倩觉得挺意外的，捂着嘴笑，想拒吧，又觉得本地是忌讳拒利是的，所以就收下了。胡薇薇似乎跟哪个部门都熟，除了领直属人事部经理的利是，还找业务部一部和二部老总要，一个下午，把经理、老总的利是都要了个遍，高高兴兴地抱了一大沓利是回来。张小艺跟艾倩都比较老实，两个人除了结伴去直属人事部各要了一个，不敢去其他部门。但张小艺现在人很机灵了，有领导级别的出入大门口，她会赶快到大门口开门，还会跟人家说："新年好，恭喜发财！"这样，有准备的领导就会掏出利是来给她一个。不管利是大小，她也是很高兴地数着收到的利是。艾倩没有那么殷勤去要利是，却也好奇张小艺的利是大小，争着看，张小艺抽了几个，两人一看都是十块二十块的，哈哈地笑。张小艺让艾倩打开谢爷的利是，一看，两百块，顶张小艺的十个呢。两人又说，中午要吃顿大餐。然后张小艺还是感叹地说："大老板才两百块呢！"胡薇薇在一旁轻描淡写地说："咱们是普通员工好不好？大老板统一发完后还会转到那些老总、经理面前再给一个，那可都是大利是！"艾倩、张小艺哑然一笑，觉得自己还真是没见过世面。

新年，好多私企业务还未开展，不出正月担保公司也不会太忙，年前有业务没结项的，做着准备工作等待进展，有意向的业务做着开展计划，大家都是不紧不慢地打卡上下班，晚上没有宴请。

但方俊明总有事情交给艾倩做，有时下班了她还在会议室帮方俊明打项目企划文案。谢爷的手写字是有章法的书法体，看多了，艾倩也大体能认出，不像开始总要问方俊明一些字一些句子，甚至要方俊明一边读句子她一边打字。

正月下旬，工作节奏逐步进入正常，公司年拜和宴请已经展开，张小艺和胡薇薇少不了在业务部人手不够的情况下跟着领导去年拜。

二月开始，所有工作就绪时，张小艺突然辞职走了。张小艺走了一周后约艾倩见面，艾倩这才知道张小艺要结婚了，要嫁一个在业务上有过接触的香港人。艾倩怎么也想不起见过那个客户，任张小艺怎么提示就是想不起来。张小艺见艾倩真是想不起来，便放弃什么似的说："反正你见过。"那时苹果手机刚出现在深圳市场，张小艺手上就拿了一个，是从香港过来的。之前胡薇薇用三星翻盖手机，她们俩已羡慕得不得了了，这时艾倩见张小艺拿着白色如手掌大小的苹果手机在手里把玩，似乎早就习以为常，不由得还是朝她的脸上多看了一眼。她心里想,张小艺挺好看的,刚来公司那会儿不自信,觉得哪里不对,现在她那种不自信退到眼底的深海,她脸上好看的劲儿就出来了,皮肤是发亮的,皮肤下的肉是会弹跳的,一笑一弹,一弹一跳,就在这一弹一跳间,一张脸就生动起来了,那样子很不得了。

"公司里的人知道吗?"

"干吗要让他们知道?项生又没跟公司做成业务,没必要讲的嘛!"

"也是,人嘴太杂,好事到他们嘴里都变成坏事。"

"可不是!"

张小艺说完送了艾倩一个精美的小纸袋,她让艾倩打开看看。艾倩打开一看,都是小瓶小瓶的护肤品。张小艺说:"送你的。"

"送我?"

"这是旅行装,你先试着用,喜欢了我可以帮你从香港带。"

这么一来二去聊天,艾倩知道张小艺已经去了一次香港,就是年后的事,结婚的事也是年后才定的。多奇怪,眼皮子底下发生的事她一点也没有发现。在香港登记结婚手续太复杂,他们要先在内地办结婚,然后张小艺办探亲证在香港生活。一次签证可以居住三个月,其间不可以离开香港,等证到期了,张小艺需要再次回到内地办证,如此重复,五年后张小艺才可以拿到香港的随迁户口,才可以往来自由。

分手后,艾倩心里多少有点疑惑,张小艺是真的不想让任何人知道她要嫁去香港且要在香港生活吗？听她的口吻是住独栋大屋的，在香港，那是很有钱的人了呢！照张小艺自己讲，她以后可以直接在香港读研，出国也说不定。反正她读研的事是板上钉钉了，不需要妈妈资助她也可以想读就读了。她现在在努力备考，项生也在给她选学校，若是能考上香港的学校，签注会更容易。太多信息了，艾倩一时弄不明白一些事的顺序，最后艾倩记忆里最明确的一件事是，张小艺住在元朗，房子在半山上，出山要开车才能出去。艾倩不由得想起香港电影里别墅的样子，有花园有菲佣，院子里还有一个与天一色的大大的游泳池。她想她回公司还是不提张小艺的好，若张小艺想让胡薇薇知道，她自己约胡薇薇讲好了。艾倩从大学起就知道女生之间的关系扑朔迷离，看着是亲密的，可能暗暗较劲，看着不理不睬的，关键时候又可能是一伙的。张小艺跟胡薇薇的关系也扑朔迷离，张小艺平时做事要看胡薇薇的脸色，但在一起出席的公司宴席上，又不管不顾胡薇薇，大胆开放地跟领导跟客户谈笑、喝交杯酒。

张小艺走一个月了，人事部也没有招人的动静，前台的大多事情由艾倩来做，胡薇薇依然大多在帮业务部跑腿办事。这样一来，艾倩几乎天天需要加班，不是被叫去帮忙就是帮谢爷打印文件。她倒也不抱怨，反正回宿舍也是一个人，回去除了看韩剧也没有什么事情可做。

艾倩与方俊明交往起初就是单纯的工作关系，等两个人有了发展意识，也没有金钱上的顾忌，很自然地就你请我一顿，我请你一顿，谁也不觉得欠谁的。第一次发生关系两个人是很有意识地准备了的，加班后两个人去吃夜宵，吃完夜宵还不想分开，方俊明就说我们去酒店吧。艾倩说："这附近的酒店都贵着呢，我住得也不远，就是条件差了点，你要是不嫌弃，去我那坐坐吧。"

方俊明笑："我也是自己租房，条件也不怎么样，咱俩谁也不嫌弃谁。"

方俊明跟着艾倩去了出租房，发现条件是真差，远远超出了他的认知，但他没吭声，拣好的夸，说："真干净！"

一个女孩住的出租屋，干净是真干净的，一厨一卫一卧，地方虽小，但什么都收拾得停停当当，总体给方俊明的印象还是好的。

夏天的夜晚，都要凌晨了，城中村依然嘈杂，喝酒的、嬉闹的，一声高过一声，一声追一声地传到他们所在的五楼。

两个人都还是拘束，各自冲洗后关了灯，摸摸索索地找着对方。两个人都知道自己要做什么，但似乎两个人都不太有信心。为了缓解尴尬，艾倩问："你住的地方没这么吵吧？"

方俊明回："没这么吵。也不觉得吵，就觉得很热闹，你听这声音，跟初中时学校放学的吵闹似的。"

"但这声音会让人在独处时显得很孤单。"

"以后你就不孤单了。"

艾倩轻轻地"嗯"了一声，把头往方俊明的身上贴。

第一次不太顺利，两个人都紧张得不知如何是好。不是都不会，是拘束放不开。两个人第一次这样相处,都没法睡,都要不停地确认旁边还有一个人在,都想知道对方睡着没有,在想什么。

这样都没法睡,两个人就坐起来聊天,无聊地拥抱。

方俊明到了后来好像在抽泣,艾倩有点不知道怎么办,她觉得平时坚韧文静的他一下子柔软得像一只羔羊。

天要亮了,艾倩说睡吧,方俊明回应她说,好。两个人太疲惫了,这次终于睡着了。

方俊明并没有嫌弃艾倩住的城中村的出租屋,喝多酒了就会打车过来,几天不见也会和艾倩一起下班到这边来住一晚。两个人都不是黏黏糊糊的人,工作和私人生活拎得清,晚上亲密,白天在公司还是老样子相处。

公司业务发展得很好,大家都忙得不得了,业务部等不及培训自己的员工了,直接从外面挖人过来,进来就能独当一面自己开展业务,就连助理也都是进来就能干活。

业务部的人都发展得很好,只有方俊明还是跟着谢爷给他当助手,没能独自开展业务。有次方俊明到艾倩这过周末,艾倩在洗菜,方俊明在旁边站着说话,两人聊天不像恋人,更像是朋友谈心,正正经经地聊过往,艾倩觉得这也是个苦命孩子呢!又觉得俊明明明比她大一岁多,却好像是个弟弟。两个人聊得知根知底了,艾倩出于好心地问他:"你怎么不去学做业务?"

"我性格不合适,做不来。"方俊明又说,"不做业务发不了财,你不会嫌弃我吧?"

艾倩说:"嫌弃的啊！将来你总要结婚生子,别人可能看不出,但你自己应该知道你这样倔强的性格,你不想求人,也不示弱,要是娶一个比你强的老婆,怕是你的心里也会难以安妥。"

"我不娶比我强的不就行了。"

"嗯,也行的。就是说你是不想在这个城市留下来了?"

"你想留在这个城市生活?"

"还没想过。说来我并不了解这个城市,它需要什么样的人,它会给什么样的人什么机会。像我们这样普通的打工人是看不清看不全这个城市这个社会的。看不清,就没有方向,不知道怎么才能留下来。很多事情都看不清,工作上也是,就像我吧,在前台,做的是接待和服务你们的工作,而你们在做什么,你们是怎么把一桩桩业务做成的,需要多少个环节,需要哪些关系,我一无所知。我天天帮你打印文件,可那些文件我是看不懂的,借与贷,次贷,股资,融资,孵化,这些光看文字其实是很难理解的。我不知道你是纯粹做谢爷的助手,还是在学习那些业务,如果你也是像我这样仅是服务于谢爷,而不是在向他学习某一种业务,我不知道你的上升空间在哪里。而最最主要的,我觉得谢爷的业务都是那么大的项目,千万的、上亿的,你即使学了,公司会不会让你主管还是一个问题。啊,我说多了。可能你看到的东西和我看到的东西不一样,我说得不对的,你可不能生气!"

方俊明想上来拥抱艾倩,人到艾倩身边了,手张开了又放下来。然后他又退回到刚才一步开外的位置上喃喃地说:"你没想做我的女朋友啊！"听起来像是问，又像是感叹。

艾倩把一种菜捞起来沥水，又放下另一种菜进水里，说："我们是两个孤独的人相拥着取暖，我们又是两个看不到希望的人相互打气。我们最初是基于这个，但是现在，我们怎么能不是男女朋友呢？我甚至觉得我在大学那次谈恋爱都不像是在谈恋爱，如果那次能这么谈心，能这么互相关怀，我可能不会觉得恋爱是一件无聊伤心的事。"

"我也觉得我们这样相处挺好的。"方俊明再次走到艾倩身边，拥抱着她，在她耳边说，"做我的女朋友没有那么坏的，我们以后会好的。"

艾倩转头亲吻方俊明，亲他的嘴，然后冲他笑，又转回头继续洗菜。方俊明一米七三到一米七五的个头，高出艾倩半个头，但方俊明瘦弱，艾倩被他拥抱着还是觉得没有太多的安全感。倒是艾倩因为是女性，胸与臀有肉，显得更厚实，艾倩甚至觉得自己的身子比方俊明更有力，好像是她在背负着方俊明趴上来的身子。

艾倩像哄孩子一样支开方俊明："哎，去帮我拿个盘子来装洗好的这个菜。"

方俊明从艾倩的身子上起来，拿了个深盘端着让艾倩把菜一一放上来，一副乖巧的样子。

艾倩像个母亲，又像个姐姐，夸他："真是个好帮手！"

方俊明羞涩地一笑，等艾倩把菜放完，他端到一边后又上来抱艾倩，把她抱起来离开厨房……

他们有诉不完的苦，方俊明对艾倩说："你真好啊，还有个亲弟弟做伴。没人跟我玩。也不是没人，堂弟堂妹有好几个，他们嫌弃我，叫我野仔。阿婆不许他们这么叫我，护着我，舅母就跟阿婆不来往。直到我读书了，阿婆送我去读书，我才离开那些嫌弃我的人。阿婆除了带我，还卖菜，阿公种，阿婆卖。阿婆阿公待我也不是多好，像是一种责任，但是他们想起我是个野仔也高兴不起来。"

"你阿婆是你外祖母？"

"对，外祖母。"

"听你这么说，叫你野仔的是你舅舅的孩子？"

"是啊。"

"那应该是表弟表妹。"

"有什么区别吗？"

"有区别，同姓为堂，外姓为表。但是，无所谓吧，你这么叫也行。对了，你阿婆什么时候去世的？"

"我刚读完小学。"

"你阿公呢？"

"我阿公还活着，很老了，现在跟着两个舅舅住。"

"舅母对他好吗？"

"现在是好的。阿姑给了他们一些钱，他们为了那些钱对阿公很好。他们知道只要阿公活得好活得长久，阿姑就会一直给他们钱。"

"你阿姑？"

方俊明不接话，背过身去。赤裸的背上，脊骨一节一节地朝着艾倩。艾倩一节一节地摸着那些脊骨，上上下下摸了一遍，就把方俊明往自己的怀里拉。她觉得方俊明又哭了。她想捅破那一层纸，她觉得方俊明总鲠在这里就会一直是这种状态。于是她把方俊明抱得紧紧的，说："你阿姑就是你妈妈对吗？"

方俊明想着挣扎一下，动了动，可能发现艾倩抱得太紧，又不动了。他还是不回话，也没有再挣扎。

年轻人好像有睡不完的觉，两个人各睡各的，又睡着了，等他们再次醒来，天都要黑了。

又要吃晚餐了。艾倩要煮，方俊明说他出去买。艾倩想出去透透气，于是两个人换了衣服一起下楼。多亲密的两个人一出门又生疏起来，你看着我笑笑，我看着你笑笑。城中村的餐馆很多，他们绕了两条巷子却不知吃什么好，都没有胃口。艾倩买了水果，去糖水铺吃了糖水。

再上楼，两个人试着又抱在了一起。

第二天两个人还是腻在床上，吃了早餐已是半晌，谢爷打电话给方俊明，叫他去一个地方吃午饭。方俊明不想去，挂了电话不动身。艾倩急了，说："你怎么能拒绝谢爷呢？他可是你的上司，搁别的下属领导叫吃饭还不感激得不得了，你却不动。"艾倩想不明白地看着方俊明。

方俊明对艾倩放松了很多，说："你不懂，他是我亲戚，这顿饭跑不掉都是那些亲戚。"

这是艾倩没有想到的，她犹豫地问他："你们是什么亲戚关系？"

方俊明可能没意识到艾倩会关心这个，又似乎不太确切地答："好像是一个远亲表叔还是表爷吧。我来公司前我们没有见过面，来了才知道。"他一句一顿，语气里像是交代，又像是拒绝。

艾倩听着，点了点头。她如果能看到自己的样子，可能连自己也不知道那样的点头算是什么意思。她劝方俊明："去吧，当工作应酬。有亲戚还不好？像我一样，在这个城市除了认识几个系友其他谁也不认识，这感觉并不好，孤孤单单的。"

"你觉得孤单？"

"从小到大一直是这样的感觉，不过也习惯了。我跟弟弟还小时，奶奶是好几个人的奶奶，不会对哪一个人特别亲。弟弟大了点，有了自己的朋友，都是男孩子，我也跟他们玩不到一起，可不就一直觉得孤单？"

方俊明斜身看着艾倩说话，觉得不理解，又似乎能够同情。艾倩不说了，他心里还在想着什么，一冲动就起了身，说："好吧。"

方俊明走后，艾倩想想若是谢爷是他的亲戚，说不定将来方俊明也能做起业务的。能做业务在公司都会被高看一眼的，当然，也就有钱了。她似乎看到了一点希望，心里高兴得很。她像是要找个人与她分享这份希望一样，想到了张小艺。但是半年过去了，不知道张小艺现在怎么样了。她试试打了张小艺的电话，提示音是"您拨打的用户已停机"。她存下的这个号码还是张小艺在公司用的号码，她想张小艺可能换了号，用了香港的号码。

她想回忆一下是否见过一个叫项生的人，却怎么也想不起来。

二、布偶 | 065

春上艾倩给艾大锋三千块钱让他去配置一台电脑，才用三个来月，艾大锋又找她要两千块，说是升级电脑。他们平时都是用QQ联系，这次她不得不给艾大锋打了个电话，可是艾大锋说的她也不懂，还是给艾大锋转了两千块。除了艾大锋说的电脑技术上的她不懂，有一点是真的，艾大锋说他找爸爸妈妈要了，妈妈不给，说学生好好学习就行了，要什么电脑。艾倩觉得这确实是妈妈能说出的话，妈妈现在一门心思攒钱盖房子，还让她一起攒，告诉她建材都买得差不多了，等艾大锋明年毕业了不需要用家里的钱了，他们就可以盖房子了。

过年艾倩回家，爸爸妈妈都回了，艾大锋未回，艾倩问妈妈，妈妈说艾大锋在跟同学一起做项目，问是什么项目妈妈也说不清。他们姐弟俩初中分开读书后，艾倩觉得心里还是跟艾大锋很亲的，有什么事总会想着他，上大学见了新的环境新的世界还是第一时间想给这个弟弟写信，和他一起分享。但艾大锋似乎是因为长大了，跟她没有小时候那些亲昵的话了，像同根生的两株韭菜要分离，他再不会跟她说他的同学，说他的同学都穿什么，追了什么女孩。而是她问什么他答什么，不问的不说。艾倩问他，你想考什么学校？他回她，你别管。她问他，你有没有追女孩子？他回答，你别管。艾倩就觉得这个弟弟跟她远了，小时候冬天和她抱头睡一个被窝的那个人跟她剥离了，要独自成长。

因为一家人还是住在奶奶家的一间厢房里，艾倩在房间的时候，爸爸不进来，爸爸在房间的时候艾倩不进来。他们父女之间是陌生的，不像母女间，即使没有亲密的情感，但因为是同性，还能在一个房间里相处一会儿。她对爸爸，就像在公园里碰到陌生的男性，见朝她走过来了，总是会下意识地让一让。或许人家也不是朝着她来的，但她总是要躲避一下，才觉得安全。如今的爸爸，比她记忆中的那个消瘦的年轻男人要胖一倍，脸是有褶的，皮肤是粗糙的，抬头低头间，下巴有了赘肉。他的额头潮红，耳朵也通红，右耳朵里有一个黑痣子，上面长出一撮黑色的毛。眼前的爸爸更像艾倩见到的建筑工人，又或城中村那些以搬运为生的搬运工。还好这个男人内向，不怎么主动找人说话。艾倩要是迎面碰上他了，叫他一声爸爸，他也只是回一声"嗯"。如果实在热情了，也不过是问一句："红红啊，上班还好吧？"这样的问也不是问，就好像是他在自说自话。艾倩第一次被爸爸这么问时，说还好。后来想想这样太生疏了，试着热情一点地回，说："还行，实习时不太习惯，后来就好了。"她这样说了，爸爸也只是点一下头，"嗯"一声，就没话说了。这样的话爸爸问了几次，她也答了几次，她就觉得没趣了，干脆不说什么了。有时爸爸跟村里人喝多了酒，在屋里睡着了，她就使唤艾杭杭去取她想拿的东西。这个小弟弟正是当年艾大锋与她分开时的年纪，眼睛里还有天真，看着她化了妆穿了漂亮的衣服，还会盯着她看看，扯扯她的衣服，但是他又是羞涩的，像对陌生人，彼此隔着距离，又要试试说话。有次这个小弟弟突然鼓起勇气问她："你能给我买个手机吗？"艾倩看着快有她个子高的艾杭杭惊诧了一下，心想，我像是很有钱的样子吗？但是想想他还是小孩子，就冲这个小弟弟笑，说："好啊，等你考上大学了，就给你买个手机。"

艾杭杭说："我要苹果手机。"

艾倩便打他一下："你疯啦，我都用不起，你要用？"

艾杭杭就笑着跑开了，跑开了还说："那就把你手上的那个给我。"

艾倩看看自己手上的手机，是三星翻盖的，刚买不久呢，心里有点舍不得。但离艾杭杭上大学还有几年呢，到时再说吧。

艾倩想，这个小弟弟比她和艾大锋活泼，不憷人，敢表达，将来性格肯定比他们好。她和艾大锋那时突然间与妈妈隔断联系，后来奶奶也顾不上他们心里的创伤，两个小孩子相依为命，胆怯又孤独。大些了也不敢造次，是只会听话的孩子。现在爸爸妈妈不用躲藏了，每周末都跟艾杭杭打电话，给他寄来在杭州买的好看的衣服、时尚的玩具，还给他寄篮球，好像把在她跟艾大锋身上丢失的关怀都一股脑地投放在艾杭杭身上。眼前的艾杭杭像个有钱人家的孩子，吃穿自由，脸上自信，看那脸色就能知道平时的营养好得不得了。艾倩想这个小弟弟真是好命啊！

除夕年夜饭，艾倩的二叔艾生根送来一大盘凉拌菜，有肉有蛋有菜，艾倩一看这是城里人近年很时尚的吃法呢，揣摩着二叔二婶这是在城里过上了好生活。艾倩想着，接过又大又深的凉拌菜盘子往餐桌上放。二叔跟她说了句什么，她也没听清，啊一声算应了话。

艾生根坐下来跟艾倩的爷爷奶奶还有两个兄弟喝了几杯酒。艾生根也敬了曾大巧一杯，感谢曾经资助过他读书的哥嫂。曾大巧也不客气，说："老二，你的孩子还小，还不急结婚，暂时不用盖新房子，我们明年要建房子，你们要资助我们，借我们点钱，不然，你看我们这一家多少年都没个安生日子，多难。"艾生根连连地点头，说："那是那是，得支持大哥大嫂。"曾大巧或许是话赶话，也或许是要趁热打铁，问："那你撂个话，能支持多少？"

艾生根有点为难，提酒壶给曾大巧添满酒，也给自己添满，压低了声音说："这个……我们的平房也有些年头了，长期没人住，几处漏水，也是得盖了。再说，两个孩子在读书，一个刚上大学，一个刚上高中，花钱厉害，两万我能做主，过这个数我们也拿不出来。"说完，艾生根喝了自己的酒。

曾大巧不喝，摆起了架子，说："你跟弟妹两个大学生干的是好工作，光你一人一个月就得两万多工资吧？你支持这么点儿是打发要饭的吧？你上大学，我们可是卖了一头猪的，还是你一起上的秤，这你总记得吧？"

"记得记得，这哪能不记得？但是情况没你说得那么轻松，我们两口子工资加一起也没两万，是你高估了。"

"能没两万？你们那边买房这边盖房的，没两万你们这些钱哪来的？你大哥榆木疙瘩，我天天卖菜我会算，不能这么打发我们。"

"哎呀，大嫂，你咋不信我呢？这么吧，大侄女也是大学生，也在城里工作，还是大城市深圳，你让她说，她一个月能拿多少？"

艾倩坐在桌子边上，跟妈妈隔着小弟弟艾杭杭。听着他们提到

二、布偶 | 069

自己了，一愣，赶紧站起来去帮奶奶递碗盛饺子。

好在曾大巧不示弱，说："你哪年毕业的，你大侄女哪年毕业的？时代不一样，你包分配，她不包分配，你跟她比！"

艾生根说："哎呀哎呀嫂子，我说不过你。好好好，我回去跟你弟妹商量，叫她找她娘家再筹点。"说完，艾生根转身又去跟艾有根碰杯。这回他不说话，拿了自己的杯子跟哥哥硬碰了一下，就自顾自喝了。然后艾生根去厨房给艾倩的奶奶说声先回去了，就出了门。

桌上气氛有点僵了，艾长根起来出去抽烟。他结婚刚两年，有了孩子，房子是女方家的，孩子也是丈母娘在带，月供加生活费用，他也很吃力。因为老婆嫌这边的条件不好，不愿意带孩子回来过年，他一个人回来的，腊月二十九才到，年初二一早又得走，他不想掺和这边家里的事。

艾倩的爷爷老艾年纪很大了，长年挑担子背驼得厉害，耳朵也有些聋，他小口小口地抿着酒，浑然置身事外。

等艾倩把大家的汤饺一一端上桌，一家中最有权威的奶奶坐下，叫大家先吃，吃好了饭再说话。曾大巧不高兴了，说："娘，这您得做主，他们两个是大学生，在城里有工作有房子，老了有保障。我们两个卖菜的，老了别说退休金，就是吃饭都不知道去哪吃，我们得回来盖房子，将来干不动了好回来住。都是一母怀胎，做老大的贡献最多，到头什么都不落这可不合适。"

"话也不能这么说，他先来投的胎，这是他的命。他是吃苦多，但他贡献多少我心里也有数。凭良心说，你们劳动不都是养自己的孩子了嘛！要说对这个家贡献最大的，那还是老头子，他挑担子挑了多少年，后来又捡破烂，那钱都是一分一分攒的，两个读书的花钱都是他挣的。只是嘛，有根没花着，没得家里多少好，这么讲才是对的，不能说投胎做了老大就吃了亏，谁让他这么着急来投胎的呢？但我们老两口也不亏待他，你们这么多年孩子放家里，过年一家人都在我这吃我这住，我可没说二话，要说我这一碗水端得很平了。要算这也得一起算了才公平。"

曾大巧一时塞了口，不说话。吃完饺子，曾大巧突然冲艾倩说："红红你都多大了，也不知道为家里考虑，你一个大学生，趁年轻能说个条件好的，要是这么拖下去，别说找人家要彩礼，就是找个正常的都难。谁家有好胳膊好腿的儿子二十三四了还不说亲！叫我说，你过了初十再走，趁走亲戚找人介绍介绍，赶紧找一个定了。你这过了今儿个，可就是二十五了，再下去别说要彩礼，怕到时候还得贴彩礼。"

奶奶的门牙好像不太中用了，包着嘴哑巴饺子。好不容易吃完一个饺子，也并不反对曾大巧的话，而是帮腔地说："红红是得定个亲了。"

艾倩不想回应，她从小到大只有听话的份，不高兴了也不说出来。奶奶自然是对艾大锋和堂弟更好的，对她没有明显的好，也没有明显的坏，就是有事了数落她多些。她都忍着，听多了就麻木了。

曾大巧又说话了："真像她爹，榆木疙瘩。"

奶奶似乎不太乐意曾大巧这么说，这可是说到她儿子的头上了，就在把筷子放碗上时敲了一下才放下:"他不跟你争,你说他榆木疙瘩。他要不是榆木疙瘩,你们两个都强还不天天打架?"

到这,艾有根才出声说句话:"一家人,有啥好争的?都是为了孩子,红红妈能干,我就听她的多点,这没啥。"

可能因为是除夕,奶奶缓和了语气说:"看,给你撑着面子呢,知足吧你!"

曾大巧是该知足了,笑了一下说:"那娘你得资助我们,这些年的地补钱、粮食钱我知道你留着的,等盖了房子,大堂屋先给你住。"

"住大堂屋那是停尸。"奶奶大笑。

"大过年的,说这话。"曾大巧也笑。

艾倩暗暗地长吐一口气,知道这顿年饭终是吃好了,没出问题。

艾倩看爸爸还坐着,就先回了屋里。她知道妈妈接下来要抢着洗碗的,妈妈要报答奶奶刚才顾了她的面子,没让她下不来台。妈妈与奶奶的关系曾经是怎么样的艾倩不知道,自从爸爸妈妈送艾杭杭回来读书,又想在老家盖房子,妈妈对奶奶就一直是讨好的。或者妈妈那时就意识到老家才是她最终的落脚点,所以她开始有了回来生活的打算,待艾杭杭也读大学,然后有工作了,就是她退休的时候,她要跟艾有根回这里,在这里老死。原以为多生一个男孩多一个劳力呢,可是她怎么也没想到现在的社会不需要劳力种地了。不种地上城里挣钱吧,像她跟艾有根这样,她又不忍心孩子受那些起早贪黑的苦,想来想去还是觉得好好读书是条好路。曾大巧曾跟艾有根抱怨，读书要钱啊，老百姓挣钱哪个不是拿命换的，十年二十年的命往上搭，一点不敢松懈。艾倩知道妈妈这些年没少在艾杭杭的身上反省，妈妈承认自己当初想错了，要不是还有这个小的，他们早把房子盖上了。但艾倩也知道，妈妈这是旁敲侧击，希望她能帮衬些家里，不能白供她上学。

艾倩看出了妈妈的心思，觉得爸爸妈妈不容易，想过听从妈妈的话在老家这边找个婆家，要一笔彩礼，提前完成妈妈的愿望。但是，她有时看着爸爸妈妈，多少有些质疑眼前的人跟她的关系，他们真是自己的爸爸妈妈吗？他们的脸多么陌生，他们身上的气味她一点儿也不熟悉。这想法不是现在才有的，是从很小的时候就有的。小时候爸爸妈妈一走几年，再见时为什么不像电视里演得那样想抱着她哭？作为母亲，她难道没想过孩子离开了妈妈心里有多恐慌吗？不知道小孩子都是怕天黑怕鬼的吗？她有许多的怨言，准备了许多话要跟妈妈说，等终于见着了，她觉得妈妈陌生，又不想表达了。这么多年来，她把什么都忍下了，包括没人疼没人爱的悲伤。为什么宁愿忍着也不愿在他们面前表现出来？是那些分开的日子堆积得太高太厚，挡着她了？好像也不光是挡没挡着的问题，是看不清。即便是后来，她都去深圳工作了，大多时候也是记不起爸爸妈妈的长相的，使劲想也想不起来。只有偶尔的一刹那，看到了与爸爸妈妈相似的人，好像一下子想起爸爸妈妈的长相了，不禁又要质疑那个脑海中的样子，为什么看上去还不及街上饭馆里的老板、老板娘亲切？

想不完的过往。艾倩不想这么想下去了,她现在是成年人,能很理智地看待爸爸妈妈离家这件事情。即便没有艾杭杭,父母要供她和艾大锋上学也免不了要外出打工。全村的人家都是这样,为了供孩子读书,为了盖房子,哪怕就是为了生活本身,在那个时代也避免不了要走出去,与孩子分离。她能理解这一切,都是因为他们太穷。但她能理解是否意味着要像父母一样为这个家庭牺牲是她拿不准的,从传统美德上讲,孩子要孝顺父母,要为父母分担,但以牺牲为前提的分担是不是真的分担?这种分担是不是假象?是不是以并不能实质解决问题的形式做出的透支行为?她忘了是在哪本书上看到的这个说法了,她也推理不下去。但她如今无疑成为妈妈实现愿望的筹码,像妈妈菜摊上的一堆菜,她知道这点。但是眼下她"这摊菜"不一样了,不是只能换小毛小钞,而是能换一座金山,十万、十几万的金山。跟以前还不一样,以前她充其量是妈妈的帮手,成长时期要在生活上顾弟弟,工作了在经济上顾弟弟,那是一种天然的顺从,一种习惯的延续。从爸爸妈妈那里把弟弟接手过来,她本能地担起这个担子,她没有意识到要反抗,也没有做出过半路撒手的事。眼看艾大锋也要毕业了,她觉得任务马上要卸下肩了,她感到了一种轻松,所以今年过年她才愿意回来。

年初一,农村有串门拜年的习俗,艾倩不想起床去拜年,她这么大了,被问工作和男朋友会尴尬。爸爸、妈妈和弟弟都起床后,艾倩还在想她昨晚做的梦,本来在天上自由自在地飞着,突然挂到树枝上了,树枝在一个山洞的入口,往里是有密密麻麻的树枝的通道，口子小，里面大，能容下一个人站立行走。她被带了进去，里面是一大群像她一样高的猫头鹰。这个梦有点让她摸不着头脑，她不想去想了，但被窝里温暖，她仍是不想起床。迷迷瞪瞪的，她想起更多的往事。

那是才进高中时，弟弟因为复读留在原校，他们姐弟俩这才有了第一次真正意义上的分开。他们一个在镇上，一个在县城，隔了十几公里，她想到这距离，感受到一阵轻松。她这时开始接触自由的概念，她想，这种轻松感或许就是自由。

没有了要她时刻操心的事、时刻操心的人，她充分感受到了无拘无束。她也迷失了一段时间，但最终如果温暖是烫人的，她还是不要算了。她把精力重新拉回到学习上，好歹考上一所大学，希望有更好的人生。

直到到了担保公司之后她才发现，这个努力争取的人生并不理想，甚至是寡淡无味的，她看不到自己经验之外的世界。她再次质疑自己所走的路，感到无助和绝望，她对下一步没有了期许。因为她跟谁都没法比，她不像张小艺有眼界，知道外面的世界，甚至没有胡薇薇那样明确的目标，更没有那些整天忙得晕头转向的人的能力，大家看她就是一个前台的文员，接待、打杂，随叫随到。就连看着文弱毫无朝气的方俊明都在有条不紊地步入一个系统，进入一个神秘的轨道，而她的前方却没有那个系统和轨道等待着她。

闻着陈旧的棉絮味道，艾倩打了个喷嚏，由屋内暗的一面向亮的一面翻了个身，望着她从小看着的同一扇窗户，依然是老灰木，

二、布偶 | 075

依然是塑料膜封的木格子。这样的窗户看着有光,但其实透过它什么也看不见。她还记得,奶奶怕她跟弟弟冬天睡这屋里冷,在窗户上钉了好几层塑料膜,那些塑料膜之间因为春夏的热滋生了潮气,生了斑点,又变黄变黑成为霉点,一点一点地繁衍一片,除非把这几层塑料膜换掉,不然那些霉点只会越来越多,直到覆盖整个窗户。

妈妈可能早就在策划她相亲的事了,是告诉妈妈她现在有交往的男朋友了,还是应付这场逃不掉的灾难?她发了个信息给方俊明:"过年热闹吗?"

那边很快回复:"在乡下,跟阿公在大舅家。不是很热闹,可能明天从城里回来一些人祭祖,才会有几天热闹。"

"你家人催婚吗?"

"堂兄弟会被催婚。我不会。爷爷聋,不爱跟人讲话,我耳根子清爽得很。"

艾倩注意到了他称呼他的表兄弟还是用"堂"。

"我也还好,父母考虑盖房子的事,还忙不到我身上。"她撒了个谎。

方俊明发来一段乱哄哄的录音唱道:"'新年新头,驮把斧头,砍倒一棵烂树头。拿来破,破到三担零一头。拿去卖,买到三块豆腐头。拿去煮,煮到三锅头。拿来烹,烹到三碗头,爷佬一碗头,姆妈一碗头,自家一碗头。'阿婆唱过的歌谣,刚听小孩子在唱。"

"听不懂。你们那边的歌谣?"

"可能不是本地的。阿婆的祖上是从江西过来的,应该是江西那边的歌谣。"

艾倩好像看到方俊明像自己一样一个人躲在一个角落,她打了个电话过去,说:"你唱给我听。"

方俊明笑了,推托两句还是低声唱了起来。艾倩觉得那边的嘈杂声都要盖过方俊明的声音了。

初二下午,艾倩还是没逃掉一场相亲,妈妈把几个人引到奶奶家来,两个妇女、一个年轻男性,还有两个比她小的女孩子。其中一个女孩是要介绍给艾大锋的,但艾大锋不在家,艾倩也不知道妈妈如何给他们相亲。介绍之后,艾倩听到唯一的一个男性比她小一岁,方脸,大个子,有北方男子的硬朗和大方。比她还要小一岁,在南方也还是可称为男孩的年龄。男孩上来要跟她握手,她没伸出手,说手冷。男孩说,南方回来的人都怕冷,多穿点。艾倩见他很会察言观色,会给台阶,心里触动了一下,眼睛也不由得直视了对方。男孩也正看着她,那眼神并不是多热情或者说火辣,但就是有一种要把她看进他眼里的感觉。艾倩稍稍镇定了一下,猛地想起这个人像她高中时在外接触过的一个人,明白了刚才的触动并不是动心,而是感到被冒犯。艾倩这时大方地笑了一下,说是,气候反差大,然后转身看别处。男孩大约是觉得艾倩害羞便跟着转过来,说听说她在深圳工作,问她工作如何。艾倩觉得应该早点表达拒绝,但又做不出来,只好问他是做什么工作的。男孩说他表姐在深圳工作,他还有半年毕业,到时也去深圳。艾倩又问,想去深圳找什么工作?男孩说还没定,到时找个办公室的工作吧。艾倩还想问问男孩姐姐在深圳做什么工作，但觉得没有必要，自己已大抵知道了男孩是个什么状态，心里想，还这么年轻，如果条件很好是不需要相亲的。艾倩礼节性地叫他坐着，说她要找人拿个东西，要出去一会儿。男孩诧异，像是自信被打击了，张了张嘴，话没说出口。

艾倩无聊地朝田野里走去，她想走到一条小河边，那条河两边都是松柏，是这里冬天唯一一种还有叶子的树，她想去那里躲开这烦扰的人世间。她把手机电池抠了下来。

冬天的太阳落得很早，本来是多云的天气，天空灰蒙蒙的，太阳昏黄地在往下落，她觉得越来越冷了，但她还不想回去，她想等天黑下来，外人都走了，奶奶家只剩下她不用躲避的人。

回到家奶奶就在煮晚饭了，家里用的还是柴火灶，柴火烧得很旺，她无声地坐下去烤火。

艾倩订的是初五的火车票，初四她就去了市里，说见个同学，其实是在酒店里睡了一天。她想她要逃离这个地方，最好永远不要回来。

艾倩怀上孩子已经是夏初的事。

艾倩没怀过孩子，所以直到怀上，自己都没有意识到。胡薇薇见艾倩吐出几口黄腥的东西后，确定艾倩是怀上了，拍着胸脯向艾倩保证不说出去，可是不到两天她还是故意揭露了出来，许多人拿艾倩说不准的眼光看她。就连人事经理听说了都来关心艾倩，问她接下来的打算。艾倩不知道如何作答，羞愧地把头埋下去。让艾倩感动的是方俊明这时承认了她是他的女朋友。事情一下子明朗后,闲话少些了,但惊动了方总。小半个月没现身过的方总挎着包,穿着西装领的背心裙,脚踩着高跟鞋嗒嗒嗒地进门后停在了前台。平时她进门后几乎不看前台,而是直接进入她的办公室。胡薇薇在时会殷勤地向她问好,她也不回头看。以前张小艺在的时候也学胡薇薇跟她问好,但张小艺试过几次觉得方总有些不耐烦,后来就只是点下头,算作礼仪。艾倩也是站立点头,她觉得不称呼更好,不然大家都好像一惊一乍的。艾倩这天听门开启照例起身,不承想方总到了她的面前,一脸认真地看着她。艾倩这时只好向方总问好。问好后她以为方总要指派她干活,低着头等方总发话。方总说:"你抬起头。"

艾倩抬起头。方总问:"你叫艾倩?"

"是。"

方总有一张精致的脸,双眼皮,杏眼,鼻子不太高挺,但嘴形很好看,说是樱桃小口,又稍微大些,就是这稍稍大的一点,把她的那张脸衬得很大方,不是扭扭捏捏的媚气。照说方总是五十多岁的人了,但她的皮肤白皙,吹弹可破,上面浮现着一种长期去美容院保养出来的光泽和细腻。她贴的假睫毛比胡薇薇的显得自然,睫毛膏也不粘在一起,眨眼时像一排刷子。她眨眼间神情像一个人,艾倩心里一惊。

艾倩以为方总还有话说,就站着一动不动,方总却扭身走了。

艾倩紧张过后坐下趴在前台桌子上。前台桌子是两层的,前面高，后面低，她趴在桌面上好像隐了身。胡薇薇看着这发生的一切，也没安慰她，一心忙着自己的事情。

艾倩知道这是公司上上下下都知道她怀孕了，不知道自己要不要马上离开公司，但这种情况下离开了是不是意味着她自动离职？她想到这儿有点害怕，她不想失去这份工作。她想请假，打掉孩子，但又不知道公司是不是允许她请那么长的假。再说，她再回来工作大家会如何看她？她想到接下来要四处找工作又难过起来，忍不住想哭。她发信息给方俊明，方俊明没回。她去卫生间给方俊明打电话，他也没有接。她厚着脸皮继续工作，希望等到方俊明来公司，可是下班了也不见方俊明。

第二天艾倩只好继续上班，她想人事部没让她不要来上班，她就先耗着。她瞧不起自己这么厚脸皮，但也想不好不这么做自己还能怎么做。她不想失去工作，不想无依无靠，让孤独再次找上她。昨天方俊明声明完她是他女朋友后就不见人了，这很让她想不明白。

公司四五十个人齐刷刷地对艾倩很不一样了，他们不再叫艾倩帮忙复印材料、装订材料，甚至不叫艾倩给他们订午餐。其实这都是一个前台文员分内的事情，所有的工作一下子压在了胡薇薇一个人身上，她忙得团团转，一边忙一边说着不着边际的风凉话。艾倩一时清闲下来，自己这么闲觉得过意不去，也很不安，只好厚着脸皮从胡薇薇手上要一点工作做，也不敢恨她把消息泄露了出去。胡薇薇不表态，艾倩拿去做了也不说不行，这样艾倩做完平常自己做的那一份就主动从胡薇薇手上要工作，她觉得即使看胡薇薇的脸色，也比无所事事地空虚着和惊慌着踏实。

方总来公司的第二天，方俊明来了公司。他先到前台，见了艾倩就站了一会儿，也不特别说什么就转身去了办公室。

方俊明来了公司后，更没有人安排艾倩做事。但是谢爷还叫她打字，叫她把手写的文件录入电脑。

从来没有的事，谢爷这天打内线叫她到他办公室，还亲切地问她："还能工作吧？"

艾倩回："能。"

谢爷说："那就行，去工作吧。"说着谢爷递给她一沓手写的稿纸。

方俊明此刻不在谢爷的办公室，但即使方俊明在公司谢爷也会继续使唤她。还好，艾倩觉得自己还没有到非离开公司不可的时候。她想找方俊明谈谈，可方俊明总说过几天，过几天就去找她。

等到方俊明找艾倩，是他把一切事情安排好的时候，他跟艾倩一起收拾了出租屋，让艾倩带了随身的东西跟他走。

他们去的地方在福田区一个叫黄埔一号的豪宅楼盘，小区里里外外的绿化已经做好，修剪精致。这是两套大复式打通的房子，因为一楼留有挑高的空间，一楼大，二楼小。楼上有两个套卧、一个书房，楼下有两个套卧、一个工人间。另外一楼还有厨房、公共卫生间、洗衣房、多功能室。客厅和餐厅是连在一起的，客厅吊着一个大水晶灯，餐厅上方挂着巨幅的油画，画上圣母玛利亚抱着小时候的耶稣，母子对望，似有对话又似单纯的母亲欣赏孩童的可爱天真。画面很温馨，看了使人心生美好。除了这幅，还有几幅小的油画，也是宗教主题的内容，画面里不管增加了什么，主角都是圣母和圣子，圣母青春温柔，圣子聪慧可爱。

这样的大房子，上下层加一起有三四百平方米，占着一栋楼的一半面积，一家有十口人也住得下。房子之前应该有人在住，这时也是清洁整理过一番，处处如新。

方俊明如实说："我们以后就住这里了，让孩子在这里出生。但是，我得让你知道，这是方总之前住的地方，她为了把这个地方给我们住她搬走了。"

艾倩提心吊胆地问："她就是你说的阿姑吧？我猜的。"她又胆怯地说，"你们会让我做什么？"

方俊明并没有安慰惊恐中的艾倩，看着艾倩一样紧张不安地说："她要是遵守我跟她之间的协议，就不会为难我们，我们过我们的生活就好。"

方俊明这么说艾倩才明白他跟她还是之前的关系，是含混不明的恋人，是不被证明的夫妻，也是黑暗中相依相拥的两个人。

这里什么也不缺，只差他们两个人和他们两个人的私人物品填充进来。方俊明早九晚五上班，有时出差，艾倩是这个大房子里的主妇，给方俊明洗衣做饭。

秋末，艾倩怀孕 7 个月了，进入 8 个月时，产检由一个月一次增加到两周一次。方总有一天带了一个保姆来，艾倩依然称她为方总，她对艾倩的态度没有多严肃也没有多和蔼，不咸不淡地叫艾倩注意身体，少吃多餐，多运动，说这么大的地方够艾倩走的。然后方总详尽地交代保姆每天要做的事情之后就走了。

保姆住在一楼的工人间里，离厨房近，所以保姆打扫完全屋的卫生之后，不是在厨房就是在她自己的房间里，这让艾倩感觉放心不少。方俊明没有过问保姆的事，像是默许，他不跟保姆说话，有什么要说的都是交代给艾倩。

要准备生产的事情了，艾倩的户口在老家，生育许可证需要回老家去办。但有个问题，他们还没有办理结婚登记，没有结婚证就无法办准生证。

艾倩一直在纠结要不要告诉妈妈，之前几次通话，她还告诉妈妈她在上班。从心理上，她还没有准备好把怀孕的事告诉妈妈，一是她不想妈妈插手她的事情，二是现在的事情有些复杂，方俊明还未提结婚的事，方总明明是他的生母他却不认，他还是叫她阿姑。她问过方俊明跟方总达成的协议是什么，方俊明叫她不要过问。可是艾倩还是从日常中捕捉到一些信息，房子之前是方总在住，这个房子的所有开支包括保姆的工资也都是方总在支付。方俊明没有直接做业务，她知道方俊明的工资有多少，维持两个人的基本生活没有问题，省吃俭用些养一个婴儿也没有问题，但要再支付水电、物业及一个保姆的工资，那是远远不够的。

之前她一个人去医院做产检，现在保姆陪着去。保姆懂得很多，对她也还尊敬，所以她什么也没有避讳保姆。医生问她准生证办了吗，她说还没办。医生说要早点办，她说好。说这些话时保姆就在她的身边，帮她提着挎包。

但没有结婚证是办不了准生证的。眼看着胎儿要满 8 个月了，她只好告诉方俊明他们现在的情况。方俊明说，那咱们去办结婚证。但是他又犯难了，他只好交代，阿姑跟他的口头协议里包括结婚这事。婚可以结，但是这套房子还不能过户给方俊明。而且方俊明也有一件难事，孩子要出生了，照说户口应该跟着母亲或父亲，但方俊明的户口若不先入阿姑的名下，将来孩子的户口就不能入深圳。这几个月方俊明一拖再拖，不想把户口入阿姑的名下，可事情迫在眉睫，需要马上办妥这事才能迎接孩子的出生。方俊明早知道有需要结婚证的一天，只是他拖延着，没有把事情提上日程。

两个人为难得不得了，抱着哭，为了孩子都需要各进一步：方俊明要马上把户口迁入深圳办结婚手续，而艾倩需要向妈妈如实交代她要生孩子的事情。

他们各自分头行动。艾倩一打通妈妈的电话，妈妈就问她今年能准备多少钱。妈妈向她诉苦，艾大锋要实习了，找工作要钱，年底盖房子要钱。艾倩说可能拿不出来，因为她不小心怀孕了，现在快生了，她也要一笔钱生孩子。妈妈一听艾倩这话就冲她嚷，大声叫着："你作孽啊，你跟我对着干啊，早告诉你家里要盖房子，叫你相亲不相，叫你存钱你又生孩子，你这是不叫我活啊！"艾倩也恼，冲妈妈嚷："你以为我容易啊，艾大锋找工作要钱，我什么都是一个人，又土又穷，找工作吃过多少苦你问过我吗？你管过我吗？"母女俩各说各的，没法继续讲下去，艾倩把电话挂了。

方俊明下班回来，艾倩跟他说："咱们不结婚了，也不开准生证了，咱们把这个孩子私生下来，谁也不为难。"

方俊明说："那哪行？这个孩子咱们一定要正大光明地生，正大光明地给他上户口，正大光明地给他写上爸爸妈妈是谁。"这么说着触到了方俊明心里最软弱的东西，他又哭了起来。本来餐厅有一排射灯照在圣母玛利亚和圣子的身上，他起来啪的一声拍开关，屋里一下子暗了下去，圣母玛利亚和圣子一下子不见了。

艾倩妈妈第二周打来电话，态度和蔼得不得了，说："红红啊，妈妈回去了一趟，关系都找好了，你把结婚证寄回来就能办准生证了。"还说，"你要好好养身体啊，等孩子生下来，别洗头，别吹风，多喝老母鸡汤，奶水多才能养好孩子……"说了一大堆艾倩听不下去的话。

随后各种事情顺利得很，俊明迁户口去一趟就办好了。结婚证更容易拿，两个人到结婚登记处都不用取号排队，早有人给他们安排好了，一起照个相，一起签个字，然后一人领一个结婚证这事就算好了。艾倩把结婚证寄回老家后，很快从老家寄来了准生证。

孩子出生了，是个女孩，方俊明很高兴，除了去公司就是在医院待着。艾倩是顺产的，三天就可以出院了。出院这天，方俊明没有开自己的车，他坐着公司安排的商务车来接艾倩母女回家，保姆抱着孩子，方俊明扶着艾倩，一路上脸上都是笑意。回到家他托着孩子，脸上喜悦着，身子一动不敢动，生怕姿势不对弄疼了孩子。方俊明就这样做了父亲。

女儿一岁的时候，方俊明主管了公司的部分业务，因为跟着谢爷学的是银行风险把控，在公司他主管的业务也是对接银行的部分。谢爷升了顾问，不是特别重大的事都让方俊明去做。其实大家都知道，只要公关做到位，对接银行的那一块业务是担保公司业务里最没有难度的，难的是接洽企业，评估被担保企业有效资产和项目风险。这一块要有胆也要有谋，万一被担保企业资金周转出现问题，资产抵押能否转化是个大难题。

也是这年，艾倩有了老二，因为老大生下来叫宝宝，也就把宝宝当成了乳名。现在有了老二，他们对着艾倩的肚子跟老大说话时，就喊老大姐姐，直到老二也出生了，还是女孩，就把老二叫成妹妹。姐姐这时已经会做游戏了，她有一个玩具娃娃叫 Kathy（凯茜），也一直是喊玩具娃娃妹妹的，所以大家一说妹妹，姐姐就叫她 Kathy。叫久了，大家就都跟着姐姐叫老二 Kathy。姐姐的大名叫方慈欣，老二叫方慈文。两人相差两岁零一个月。

有了老二，方总又给他们请了一个钟点工干些杂活。

即使有协议，方俊明之前也并不是都听方总的。小区的幼儿园是国际双语幼儿园，每个月两千多元，一学期上万元，老大要上幼儿园了，家里的开支更大了，方俊明意识到他们逃离不了方总给他们的资助才妥协了。妥协意味着听从，方俊明开始参与公司的管理，自然是大家都捧着他，工作上给他好建议。而方俊明并不是一个多傲慢的人，跟同事相处并不难，他只是需要接受一个身份，他是方总的儿子。在公司妥协了，家庭的事也开始向方总妥协，并在方总的反复规劝下他跟艾倩开始备孕要第三胎。他们都知道方总想要一个男孩。

也许是操心，也许是压抑，直到 Kathy 也读了幼儿园艾倩都没有怀上第三胎。艾倩和方俊明只好听从方总的安排去香港治疗，准备做试管。但其实两个人都还年轻，还没有到要做试管的地步，这也许不过是方总的一个借口，有了香港医院的预约，将来艾倩的产检就可以在香港做，也就可以在香港生下孩子，这样，孩子一出生就有香港户口了。

Kathy 读幼儿园的第二年，艾倩打了几次方俊明的血清后怀上第三胎。还是自然受孕，但也许是吃了排卵丸的原因，她这一胎怀上的是双胞胎。

双胞胎按出生先后顺序，女婴排老三，男婴排老四。

方总在老三、老四出生后退休了，公司更多的事情推给了方俊明，方总以退休无聊要帮助带孩子为由住了过来。方总住一楼的一个套间，育婴师带着两个孩子住一个套间，住家阿姨从进来就住工人间，一楼现在住满了，给艾倩的感觉是热热闹闹、满满当当的。两个孩子从艾倩坐月子起就一直是育婴师照顾，作息和护理完全听从育婴师的安排。艾倩奶胀的时候若时间合适就下楼喂奶，时间不合适时只能用吸奶器把奶吸出来等着育婴师上来取。双胞胎六个月了，为了孩子能有全面的营养，他们给两个孩子断了奶，改成喂奶粉，艾倩才有属于她自己的时间。自此孩子就全由方总和育婴师负责。这时艾倩已经不叫方总为方总了,而是随孩子改口叫她奶奶。

老三、老四出生后,方俊明、艾倩他们似乎被圈入了更大的责任圈内。老三、老四出生后,方总还从香港请了专业的育婴师。方总说,因为老三、老四是在香港出生的,以后自然要在香港读书。时间过得很快,老三、老四都会走了,眼看着去香港读书的事就要提上日程了。

因为方俊明接受了一切,方总再次向公司注入资金,这部分资金算成了方俊明的股份,从持股上计,现在方俊明仅次于第一股东。但方总这笔大额资金是从哪里来的呢?方俊明心知肚明,只是他还不想向艾倩说。是一件事情让艾倩进一步了解到方俊明的身世:老三、老四在香港读书办理户籍事务时,来接洽和接送的司机都是孩子爷爷的人。这么说方俊明的父亲在香港。

方俊明在公司有着怎样翻天覆地的变化,艾倩并不知道,艾倩只知道他回到家里的时候表现都很正常。如果难得早回,他就高兴地接老大和老二放学,陪她们在小区里玩,然后高兴地牵着姐妹俩的手回家。回了家,俊明又亲自给姐妹俩换鞋,在入户花园里洗手,陪她们上楼,换家居服。老三、老四喜欢看两个姐姐回来后家里热热闹闹的样子,在姐姐们上楼的时候会跟着要上楼。两个姐姐呢,也挺喜欢两个小的,如果手上还沾有水,会把水抹在他们脸上,或拍拍他们的小脸蛋。但是如果他们要跟着上楼,两个姐姐是犹豫的,她们不确定他们可不可以上楼,因为妈妈在楼上。于是一对姐妹会看向爸爸,寻求爸爸的意见。爸爸没有让两个小的上过楼。两个小的还不会上楼梯，试着往上爬，这一切大约都在育婴师的目光范围内，她每次都会恰如其分地赶过来，把正在往楼梯上爬的两个孩子抱起。老三已经会走了，育婴师离开的时候多是抱着老四，牵着老三。

像一个屋檐下住着两户人家，奶奶和育婴师有她们教育孩子的模式，也有专属于她们的语言。她们给孩子讲粤语，讲英语，从不对两个孩子说普通话。育婴师持香港劳务证明居住在这边，她在生活中使用的主要语言是英语，其次是粤语，只会说很少的普通话，像"您好""现在用餐吗""我等一下就来"这类日常用语，所以她跟两个孩子从不使用普通话，主要讲英语。只在和奶奶一起跟孩子交流时才讲粤语，对奶奶讲粤语，对孩子也讲粤语，偶尔用英语辅助说明。晚餐是一家人在一起用餐的时间，也是全家人唯一在一起的机会，一个餐桌上出现三种语言，英语、粤语、普通话。方俊明只在跟育婴师和奶奶说话时才用粤语，跟艾倩和老大、老二用普通话。姐姐和 Kathy 的主要语言本来也是普通话，春天时，奶奶安排她们两个周日去香港学习英语口语后，因为新鲜劲头，她们在晚餐餐桌上的对话语言就发生了变化，姐姐和 Kathy 会主动讲英语。她们觉得育婴师的英语发音很好，是正宗的英式发音，两个天真的孩子便喜欢上了跟育婴师说话。后来餐桌上主要的交流语言成了英语，其次是粤语，普通话只剩艾倩和方俊明两个在说。但两个人又没有什么话是要拿到一家人都在的餐桌上讲的，艾倩只好沉默，专心吃饭。方俊明有一天发觉了艾倩的沉默，跟老大、老二的话就多了起来，因为他跟老大、老二向来讲普通话，既不讲粤语也不讲英语，他讲普通话就是当艾倩存在，让她有存在感。

姐姐和 Kathy 在香港常见到爷爷，很自然地，她们把关于爷爷的消息带回到家里，讲爷爷让司机给她们带了礼物，讲爷爷跟她们同进午餐。

一切似乎水到渠成，有一天爷爷跟着姐姐和 Kathy 一起出现了。这天艾倩和方俊明都在楼上的书房里看一个项目的企划文件，先是两个孩子跑上楼来放书包和外套，然后就听 Kathy 奶声奶气的声音说："爸比、妈咪，爷爷来了！爸比、妈咪，爷爷来了！"

艾倩看看方俊明，方俊明沉默着，但艾倩还是从他未有动静的身体上看出了他的脊背骨在缓缓地拉直。方俊明现在胖了许多，他们刚认识时那个皮包骨的身子有了肉感。有时艾倩会用手指摸他的脊背骨，想一节一节地数一数，发现并不容易数得清楚。沉默之后，方俊明还是有了动静，他端坐了一下身子，然后问艾倩是不是到吃晚饭的时候了。艾倩说是。他说，那咱们下去吃饭吧。

方俊明显然不是第一次见到这个父亲，他像跟敬重的长辈见面一样，点头弯身子，然后坐在了艾倩旁边的位置上。

育婴师平常是上桌一起用晚餐的，这天她未出现，所以虽是家里增加了一个人，但餐椅的位置和数量并未改变。艾倩犹豫了一下，选择坐了育婴师的位置，把她的位置留给了方俊明。

从此，爷爷偶尔过来小住。

爷爷七十五岁了，说话声音依然洪亮，你完全能从他的说话声

090 | 1982 年出生的艾红红

中听出他有一副健康的体魄。相比爷爷，奶奶的声音温柔，讲粤语时有嗲气，艾倩平常也听奶奶讲粤语，却不是这个语调，她想，奶奶这么讲话可能因为对象是爷爷。这是艾倩对奶奶的新发现。奶奶保养得很好，既有六十二岁女性的持重，又有五十多岁女性的风韵，加上艾倩对她在公司里的印象，她觉得这个奶奶多变，拿不准她到底是个什么样的人，不敢造次，尊敬她，疏远的心也一直都在。所以晚餐结束，艾倩随方俊明一起上了楼，并未在一楼帮忙做事。

方总只生过方俊明这一个孩子，以方俊明这年三十二岁的年龄推算，她生方俊明的时间大约在三十岁，这个年纪生育也不算晚，加之保养得好，奶奶看上去的年纪与实际年纪相差悬殊。

艾倩想到自己的妈妈曾大巧，她比方总还要小呢，看起来却大方总十岁不止。

爷爷的经常出现，让艾倩多次想起自己的处境：我是这个家庭的什么人呢？两个小的不需要自己照顾，家务她只负责楼上的清洁和衣物清洗。日常的饮食由一个住家保姆负责，另有一个钟点工帮住家保姆做大清洁。晚餐最烦琐，需接待什么人用家宴时会从外面请厨师做大菜，用不着她。她实在要做也只是清洗菜和餐具。只有两个大的孩子和俊明要她管。但俊明越来越忙，常常不归家。老大和 Kathy 深、港两地走，既忙这边的学业，也要去香港接触那边的社会。而且她们姐妹俩眼看着有了自己的成长方向，那个方向她是陌生的，也是不可能去弄懂的，因为也没有人给她机会。只有俊明还需要她，他出席活动、出席别人的家宴需要带家属的时候，他喝醉酒的时候，他哭泣的时候，需要宣泄的时候。

艾倩在方俊明身上又找到了自己的价值，他只在她面前哭泣，只对她宣泄，他们还是那一对在黑暗中紧紧拥抱的人。

老大和Kathy越大，越热爱外面的世界，艾倩也就越清闲，她想过走出这个家庭，回到社会中去。

她提出想要工作，方俊明倒是支持，不为她能拿回一份工资，而是知道她这些年一直在照顾这个家没散过心，现在家庭里确实不太依赖她了，她可以轻松一下了。但是方俊明没让她回公司上班，她知道财务方面的工作太敏感，提示俊明她能回去做点后勤工作。方俊明还是没回应她。

有些念头不起还好，一旦起来就像会生长一样成了一股力量牵扯着她，她按不下去。

艾倩选择一天方俊明在家用晚饭时公开提出想出去工作，奶奶立刻反对，说家里不需要她赚钱。艾倩说："我是不能赚回什么钱来，但姐姐和Kathy都上学了，两个小的又不需要我，在家这么闲着实在是心慌得很。"

兴许是艾倩提到老三、老四，奶奶一时不反驳了，缓了语气说："出去走走，约朋友喝喝茶逛逛街也是好的，工作没有必要。"

"我读书时条件不好，校里校外没学到什么东西，现在闲了，我想学样东西，算我要一天假期吧，一周休一天能行吗？"艾倩说完不看奶奶也不看俊明，因为她拿不准他们会怎么看待她。

"我看行，学点东西好。你想学什么？"俊明显然在帮她说话。

"也学英语吧，将来跟孩子也有共同语言。"

奶奶接话了，不拐弯抹角，干脆利落地问她："那你怎么计划的？"

"因为姐姐和 Kathy 上学期间中午要回来，我还是要照顾她们，但周日一天她们俩要去香港学英语，不如我也周日休假一天去学习，她们从香港回来我也回来，这样学习和孩子能兼顾。你们看行吗？"艾倩没有单问奶奶，不是单数的"你"，而是用的"你们"，也许她是想俊明是向着她的，而俊明同意了奶奶也不会说不行。

果然，方俊明马上说："行，我周日也忙，大家各忙各的，挺好。"

方俊明先发话了，奶奶也赞同地点头，说："嗯，这样挺好。"

方俊明还是一直叫方总阿姑，也许这是他最后的坚守，也许是他唯一能自主的坚守。公司业务上太多事情他并不能自作主张，包括最近他开始接触香港那边的一些合作，也并不是他心甘情愿的，但他得接受。

很多事情，互相牵连，互相捆绑，方俊明不知不觉中已经接受了太多。他是喜爱孩子的，很喜爱，越爱这些孩子，越想他们拥有好的一切。他知道很快老三、老四就要去香港读书了，每日上下学来回，免不了又要请专人专车接送，这又会是一笔不小的支出，而这笔费用自然是由爷爷、奶奶出。

是出于接受的惯性吗？艾倩也说不准，她知道俊明想得到更多。明里暗里，如一些夜晚，他那些喃喃自语。明面上俊明多少也有些

二、布偶 | 093

改变，有时会主动跟方总说话，问两个小的今天表现得怎么样，又学会什么新的游戏。方总会告诉他哪个学会了说新句子，哪个学会了玩新玩具。方总说，最有意思的是她发现女孩比男孩机灵，同样的句子老三先学会。在方总很有把握的情况下，她还会让孩子表演给俊明看。俊明似乎作为回报方总与他之间的这种交流，有时也让 Kathy 把她跟姐姐一起做的手工或涂画拿给奶奶看。奶奶自然也是很配合的，每次都欣喜地给出赞美。

方俊明接受了这一切，公司里他甚至在逐渐接手香港那边的合作业务。香港那边不但有他的父亲，还有一个他得叫大哥的人。方俊明现在的变化太大了，那个在深夜里软弱哭泣的人不见了，变成了一个钢铁般意志坚强的商人。他曾哭泣着说不要这一切，也曾哭泣着说要拿下本属于他的一切。在舍弃和拥有之间抉择，拥有似乎更让人欲罢不能，不管他多纠结，多反复，他在现实的操作上还是选择了后者。然而他的野心是个秘密，要秘密跟他一起守着，提醒他的举止，提醒他的分寸，有几次艾倩觉得俊明快要守不住底线了，要急不可待地告知天下了。

艾倩得到了每周一天的假期，早上在地库把姐姐和 Kathy 送到车上后她也出了门。先是去上两节英语口语课，中午闲逛和用午餐，下午去参加一些公开的社会活动，如读书会或讲座。她也联系过最初来深圳的几个同级校友，但似乎大家并不能一下子找回曾经的亲密感，听说她这些年一直是家庭主妇，觉得怪不得她这么落伍，穿着打扮一点也不上档次。其实艾倩是有些上档次的衣服的，那是她要陪俊明参加一些重要的晚宴才会穿出去的衣服。艾倩不知如何告知朋友她的真实情况，她是家庭主妇，又是一个公司股东的儿媳。她结了婚，有四个孩子了，但还没有办过结婚典礼。

艾倩主动找回的朋友又主动疏远了，她对友谊的热情回到了成长时期，一个人挺好，没有攀比和努力地讨喜。她喜欢上了与陌生人在一起，融入其中，她感到比跟熟悉的人在一起更加有安全感。后来她一直去一个读书会，她喜欢远远地坐着听别人说话，并不发言，连写纸条提问也不想，她似乎没有问题要问，她的问题并不在这里，她就想安安静静地坐在陌生人中间就好。遇着好笑的她会笑一笑，遇着有意思的发言她也会想一想假如是自己会怎样回答，但她是不会回答的。

这一天读书会的主题艾倩不太喜欢，她选择出去走走。艾倩一个人来到海滨生态公园，第一次找来这里还是在白石洲餐厅打工的时候，听别人说隔着海湾能看到香港。那时这个公园才开发不久，人行道还未建成。后来她常来，眼见着它变了样，这里增加了栏杆，那里增加了石凳。再后来石板路铺成了，草坪铺上了，一处一处的绿化小景有了好看的形状，又渐渐定了型。以前来这里不太方便，只有公交坐，现在通了地铁，交通非常便利。它的位置对艾倩来说不是太近也不是太远，介于福田区和南山区之间。它位于深圳湾北东岸，一部分属于福田红树林生态保护区，另一部分属于南山。总之，现在公园修建得很好了，遍地绿草坪，放眼看去没有一片裸土。

在北国已是金秋的当下，这里仍是满目苍翠，地上依然新生着鲜嫩的草芽，树上依然新生着翠绿的枝叶。

艾倩特意去超市购买了零食，虽然她平时没有吃零食的习惯，但还是买了不少。自从有假日以来，她似乎重新回到了以前的身份，她在这个城市是一个普普通通的外来务工者，没有亲密的朋友，她也不是谁的爱人，谁的妈妈，她独属于她自己。这也许是一种错觉，但这种感受让她有一种飞翔的感觉，她觉得心情舒畅，幸福无比，她甚至要热泪盈眶。幸福是最好的致幻剂，有了这个幸福感，她打算像上班族中度假的年轻人那样，工作日就努力工作，有了假期就好好地放松一下，看电影、去公园，去了公园也要像他们一样，坐下来后身边铺满零食，过个悠闲的假日。

她不像最初那么着迷去读书会了，遇着不喜欢的读书会主题，就去公园走走。公园里三三两两地搭着帐篷，坐垫上坐着人。艾倩曾见人嗑瓜子，她就想，洽洽瓜子一定得有，大家都在嗑瓜子，艾倩觉得自己也得嗑，与他们有相同的声音和动作她才能安心地在他们中间坐住。一来二去，只要出来散心，艾倩就铺个东西闲坐着，吃着零食，就那样甚至可以坐到黄昏。总之，艾倩坐在他们之间，要尽量自在，不拘束，像那些双双对对、三五成群的年轻人一样，她就是其中的一员。别人嗑瓜子，她也嗑瓜子，偶尔还吃点薯片。薯片是烧烤味的，这个口味能把人吃得满嘴满心都是香香的。

不光在行动上，她在穿着上也尝试着尽量平凡、普通，走在人群中任谁打眼一看也不能把她看出不同来。艾倩的直觉告诉她那样的普通才是真的普通。照着这样的想法，艾倩这天穿的 T 恤有些旧了，爱马仕的 LOGO 刺绣水洗后没烫，起了皱，她认为单就这一点，难免让人怀疑它整个的品质。很好，很好，假作真时真亦假，真作假时假亦真。还有 Birkin35 橘色皮质金扣手提包，被 Kathy 小时候倒进去过牛奶，她拿去干洗过，可能因为长时间没用，又隐隐有一股奶粉味飘出来，艾倩干脆自己用水洗了它。就是这个私自水洗，让她惊喜地发现，水洗后没有用油蜡处理的真皮，真的失去了原有的品相，像 A 货店爆款一样，皮色有些干涩，手摸上去也有点干硬，但把手捂在上面她仍感觉到真皮的亲肤感。它的材质是真的，但又不再像那个品牌的真品。背着这个包，像所有爱美的女孩子一样，艾倩穿了条牛仔短裤，露着光亮白嫩的大腿，外披一件过膝的长衫。这款短牛仔裤边缘磨过，要破还没破的样子，有几根白棉线虚了起来，但很好看，很自然，不做作，这是艾倩在超市减价柜上买的，25 块钱。

她知道即使她身着爱马仕，她也并不另类，满大街的爱马仕 A 货总会有几件走到这片草坪上来。他们来度假，享受南国的暖秋，在这个红树林海滨公园风和日丽的下午。

海的对岸是香港的元朗区，坐下来她才想到，兴许是她今天中午遇见的一个女孩让她想起了张小艺才选择来这个地方。许鞍华拍过一部电影叫《天水围的夜与雾》，知道这部电影的人大约就能知道这是香港的一个什么地方。是的，天水围就在那里。但从这岸看去，对岸的楼房很高，像这样晴好的天气，那些密集高耸的住宅楼清晰可见，好像就是看这边海滨大道上那些楼房一样。待到了黄昏，那边楼里的灯光亮起，楼房就会离此岸更近，像能伸出手握手的邻居。

来这里休假的人并不只是市区内的外来打工者，大多还是市区外工厂打工的男男女女和正处在恋爱期的小青年。他们并不甘心在市郊的工厂里过完青春时光，偶尔进市区内来看看这个现代化的繁华都市。这样，他们心里对命运愤愤不平时，也能想到自己是属于这座国际化城市的。他们逛了华强北或者东门，又来到这里。他们在草坪上坐够了，也会去租双人单车，沿着海岸线骑上一两个小时。他们有用不完的精力，他们显然都很高兴，人多的分成几对，你追我赶，笑声夸张而造作，但显然，那是他们真正的欢乐。前面骑车的多是男孩，坐在后面的女生并不需要多用力，两脚踩着脚踏板子甚至不影响手里拿着棉花糖吃。两辆车靠得近了，女孩们就会尖叫，叫着前面男孩子的名字，真诚高呼："小心，小心，小心！"

艾倩坐了一会儿，也不是没想过去骑单车，但是骑单人单车又有什么意思呢？她只是一个人，玩不起来那种你追我赶矫揉造作的欢乐气氛，那让人怀念的气氛是独属于少不更事的人的。艾倩想，虽然她从穿着和行为上回到了年轻时期，但她的心她知道，她的心苍老、脆弱，带着深深的幽怨，所以她觉得自己不适宜骑单车，她还是坐着吃零食吧。

艾倩从备第三胎开始就学习瑜伽，到怀上第三胎一直在练。在深圳，她应该是较早一批在孕期练习瑜伽的人。生产后为了修复扩张的骨盆，出院后就接着练了，孩子断了奶她更无事可做，一个人在楼上也只好练瑜伽，一晃她坚持产后修复练习了两年时间。可能是她天生的骨骼软，所以练得太好了，只一伸胳膊一压腿就是教练级别的，她的瑜伽老师说她简直就是为练瑜伽而生的人，说如果她愿意，可以去考瑜伽证。她当时一笑，她考瑜伽证做什么呢？她的家庭会让她出去做教练吗？想起这，她仍是一笑。几米外有两个女人在拉伸胳膊腿，艾倩看着有些按捺不住，蠢蠢欲动，但她不能在这里做动作，她一做那些动作就可能让人看出她的与众不同，她知道人们的眼睛是雪亮的，想到这儿她只好拿出书来看。看书时还是会分神去看周边，看她们那样僵硬的动作，艾倩知道她们那样的练习毫不得法，肯定一会儿就累了。她们有腹腩，肯定生过孩子，骨骼看上去也硬，肌肉也未拉开，压腿的时候，好像膝盖后面窝窝的皮撕扯着抻不开。艾倩又继续看书，看进去后，再抬起头来时间已经过去很久。她旁边的两个女人走了，来了一个拿单反相机的男的，很年轻，好像很累了，靠在一棵大椰王树边坐着。他坐姿并不端正，半个屁股受力，一条腿弓起来，一条腿抻得长长的，脚上穿着一双亮橙色的跑鞋，非常扎眼。

他们之间只有两三米的距离，他手持着长镜头向海面看，长镜头里或许正走着一只青脚鹬或者小白鹭。

公园里有很多人，大家都是这么近的距离。艾倩这时忘记了什么，盘起腿静坐，她观察到他屏住呼吸的气息。

那是一种等待的气息。艾倩被那种气息触动，分了神，侧目看了他一眼。只是一眼，她不会细盯着他看，这没必要，她不是来看帅哥的，更不是来寻觅情人的。不可否认，艾倩觉得他很好看。他虽青春好看，但与她有什么关系呢？

艾倩坐在椰树林的草坪上，面向南方，那边是香港的天水围。她坐的草坪旁边是人行道，人行道旁边是自行车道，自行车道下面是石滩，石滩下面是海水。涨潮的季节，海水最大时能涨到人行道上来，或者不到人行道上，反正那时你的眼前到处都是海水。

艾倩的右手边是属于南山区的深圳湾大桥，大桥建成后，往来深、港两地只需 15 分钟左右的车程。等到天黑，桥上灯亮起，桥就好看了，灯带蜿蜒的样子就是桥的形状，是要比白天还看得清楚的。

现在天还没有黑，正是傍晚近黄昏时节。

艾倩正前面的人行道旁的石凳上坐着祖孙三人，奶奶、姐姐和弟弟。弟弟看上去比 Kathy 小，比老三、老四大，上身穿一件喜羊羊的 T 恤，下身穿着开裆裤。艾倩看清弟弟这样的穿着后，有些惊讶，这穿着在深圳的小区里是几乎不可能看到的。弟弟精力旺盛，一刻也不停息，不断地爬上石凳往草坪上跳，每次跳嘴里还要说"哎哟"。奶奶也不管，由他自娱自乐。直到跳了个嘴啃草哭了，奶奶才转过身来扶起他并安慰着。

有五个年轻的姑娘从人行道上走过，四个人搭着肩并排走在后面，一个人倒退着在前面拍照。拍照的那个人不时指挥并排的四个姑娘："停！甩头发！步子要交叉走！眼睛别往一处看！神情要傲慢一点。"她在前面啪啪地拍，后面的四个人按照她的指挥做动作。她们很高兴，神态是造作的，好像在拍电影，但看上去她们一点也不为此感到惭愧和害臊。然后换人拍，每一个走到前面的人都像是专业的导演。等她们自己拍够了，找了一个路人给她们拍合影，这时的她们就不好意思做什么动作了，一溜排地站着，努力地向镜头微笑。

远处，有人驻足观看不停变换姿势的她们，多是些老人，毕竟年轻人是不屑看的。

进入黄昏，远处深圳湾大桥上，近处人行道上、树林里的路灯都亮了，海滨生态公园在明暗交替的灯光下进入了一个神秘的世界，好像有神灵随时会从这里出入。艾倩的东西已收拾好了，除了一张纤薄的隔潮坐垫她会卷起来带走，那些没吃完的零食她是不带的，她会把它们丢到垃圾桶里，它们被塑料袋装着系好，谁也分辨不出它们大多还没有撕开袋口。

艾倩虽收拾好了，但并没有马上走，她之前遇到参加读书会的日子会跟方俊明发信息说晚些回。她喜欢那些晚归的夜幕，走在其中有一种无拘无束的自由感，这样有了一两次，像吃什么食物上了瘾，总惦记着再去吃一次。艾倩得了夜幕的馈赠，开始向俊明撒谎来说明她非得跟书友们聚餐的理由。她会说，最晚十点半我就能到家。俊明大约理解她也是需要朋友的，每次都同意，只是叫她别太晚就好。艾倩也是有分寸的，十点半是她说出的最晚时间点，所以，她给自己的底线是赶在十点半前到家。而现在距离这个时间还有三四个小时,她完全可以发一条信息给俊明说晚归。她这时已不需要刻意找理由了,只需发个"晚归"就能解释一切。她不回去,能做什么呢?其实也无事可做,她也未打算去吃晚饭,她就想无所事事、自由自在地消耗掉这段时间。

艾倩旁边拿单反相机的男的也还没有走,他没有吃零食,但一瓶运动饮料已经喝完了放在草地上,空瓶子被乱风吹得向她这边滚了一点。

东西都收好了,她还不想离开,于是给俊明发了一条"晚归"的信息,又坐下来看远方海面上映下的光影。

男的朝艾倩说话:"我刚才给你拍了几张照片,你看,需要发给你吗?"

"噢,我看看。"

他起身递过相机来。他以为艾倩不懂用佳能,蹲下教她翻页和放大。艾倩也就由着他教。

拍得还不错,偏分的长发遮着艾倩的半边脸,因为一边挂在耳朵上,眉弓、眼窝到鼻尖的轮廓清晰。也因为垂着眼皮,并不太能看出是她的容貌,她那时一手拿着书,一手往嘴里送着零食,看不出零食是什么,已送到嘴里去了,但手指还在嘴边。

"挺好,谢谢。不用发给我了。"艾倩看完跟他说。

"嘿,还挺傲慢的。"他直言不讳地说。

"哦,"艾倩一顿,显然没有意识到别人这么看她,又赶紧说,"不好意思,我不是觉得拍得不好,是这照片也看不出是我。"末了艾倩又说,"我平时也用不着这样的照片。"

"那我能要你的联系方式吗?别误会,没其他意思,就是看能否交个普通朋友。你也不一定要给我电话号码,QQ啊,微博啊,微信啊,都行。"

"不好意思,我没有微博、QQ,微信倒是有个,也不常用。"是啊,艾倩想,我警惕什么呢?在读书会上不是经常加陌生人的微博、微信吗?关了网络就可以关掉那个世界。

他掏出手机加了艾倩的微信,然后就坐在艾倩旁边没有移开。

他拉来背包和三脚架,都收拾好,并没有再和艾倩说话。

有人搭讪后,艾倩再坐着不动就觉得挺不是味儿的,于是玩起了手机。不时有细小的飞虫扑到发光的手机屏幕上使她不能专心看,于是她准备起身走了。

艾倩起身后,他也跟着起身。他看着艾倩把一袋零食丢进垃圾桶里,等着艾倩一起走,像等待一个熟人。

他们往滨海大道上去,可能因为都不需要过地下通道到对面,又很自觉地一起往巴士站方向走。看来他们是要去同一个方向。

等车的时候,他问艾倩住哪里,艾倩没防备地说住黄埔一号。他说他知道那个地方,他的头儿就住那个小区,他去过。"哦,'头儿'就是顶头上司的意思。"他补充说。

他们分别坐上不同班次的大巴,之后在微信上也没有过来往。他不怎么发微信,他的微信朋友圈只转发一些摄影器材方面的信息。

艾倩下了车，走了两站路，还是回家早了，保姆还没有给孩子们洗澡。姐姐快八岁了，如果不洗头，能自己洗澡。近来艾倩回来晚的时候，姐姐会带着 Kathy 洗。她正是享受当姐姐的年纪，她常常把过家家当成现实的生活，又把现实的生活当成过家家。有时即使艾倩在，她也要扮演"妈妈"的角色指使 Kathy，叫妹妹干这干那。她也爱妹妹，有东西总会跟妹妹分享，并从中获得快乐。有次艾倩给她梳头，她突然说，觉得两个妹妹一个弟弟中只有 Kathy 和她才是亲的。艾倩问为什么呀，姐姐说："能为什么呀？就是觉得两个小的像同学家的弟弟妹妹呀。"艾倩想，事实也是吧，老大和老二 Kathy 相差两岁一个月，而老三、老四要比老大小五岁多，玩不到一块去。而且老三、老四是奶奶和育婴师一起带大的，还不会走路就会听粤语、英语，而老大和老二之前英语不好，虽能听些句子，但不敢开口讲，粤语根本听不懂，大概在那时就产生了隔阂。艾倩知道，虽然现在老大跟 Kathy 在家也讲英语了，也能听些粤语，但在一家人使用的三种语言里，粤语还在顽固地隔离着彼此，谁与谁讲什么语言，谁与谁不讲什么语言，亲疏感就自然暴露了出来。

　　Kathy 一个人在餐厅吃一块很大的芝士蛋糕，艾倩有心阻止，但当她坐在 Kathy 的对面看着她吃得香甜时又不忍心了。艾倩看着 Kathy 一口一口地吃，吃撑了打着嗝，才抽了纸巾给她擦嘴。这个孩子可爱极了呢，趁艾倩不注意，把指头上的一点蛋糕抹到了艾倩的鼻尖上。Kathy 知道艾倩不爱吃蛋糕，她还知道艾倩晚上不吃甜食，她也知道艾倩要瘦身要保持好看的身材，所以没有与艾倩分享。不然，这个孩子有什么好东西都是愿意跟妈妈分享的。因为她也感觉到了，在这个家里，妈妈最爱她，就连老三、老四也得不到妈妈给她的那么多的爱。

"Kathy，姐姐呢？"

"姐姐在收拾她的书包呀！妈咪，我明年也要读小学了对不对？"

"对啊，Kathy 明年就要读小学了呢！"Kathy 瘦小，艾倩还能一把把她抱起，然后亲她带着芝士香气的小手。

然后 Kathy 要妈妈抱着她回卧室。

老大和老二跟正常的孩子比偏瘦，老大还好些，Kathy 虽是快六岁了，看起来却像四岁多的孩子，抱起来还是轻轻的。老三、老四一岁十个月，胖乎乎的，体重快要赶上 Kathy 了。

艾倩把 Kathy 抱到楼上她和姐姐的房间。姐姐听到艾倩回来，只叫了声妈咪，继续收拾她的书包，看到艾倩走近了，掩饰什么一样，转过身子挡住妈妈。艾倩还是看见了，姐姐正在偷偷地往书包里放她心爱的小玩具。小学是不准带玩具的，一年级时老师就明令要求家长协助监督。但是艾倩不想阻止孩子，她今年秋天上二年级了，还是留恋幼儿园，在学校一有不顺，回来就闹着要上幼儿园。艾倩是理智的，她知道姐姐在向她撒泼，并从中确认自己行为的对错。若她态度坚定地对姐姐说"小孩子才上幼儿园。你是大孩子了，大孩子就要上小学"，姐姐闹一会儿也会自己好了，然后该做作业还是做作业，也不见她有多不甘或者悲伤。但姐姐毕竟还是在摸索中成长的孩子，艾倩知道孩子内心的脆弱，所以也很愿意孩子能有些自己的小心思、小秘密，或者偷偷地在书包里藏个玩具，说不准这些东西在什么时候就会成为她心底小小世界的依靠。

由着 Kathy 爬到组合床的上铺玩，艾倩给她们准备洗澡和 Kathy 明天去幼儿园的替换衣服。Kathy 在读大班，从这个学期开始，她已经不用带裤子了，她能很好地上厕所，不会弄湿裤子。但是上衣要多备一件，以防她吃午饭时汤汁弄到身上。

准备上床入睡，因为姐姐已经不喜欢听艾倩讲故事了，从这学期开始艾倩就没有在她们入睡前坐在床头的木梯上给她俩讲故事。

姐妹俩上床入睡，艾倩坐在楼上一角能看到楼下客厅全景的位置上，见育婴师已经给老三、老四洗好澡了，他们两个穿着一粉一蓝同款的连体衫在沙发上爬。他们都会走了，但仍喜欢爬。

艾倩不能下去，她只能站在楼上看看他们，看着一对还完全不懂世事、一脸天真可爱的幼儿。这两个孩子与两个姐姐的幼年非常不同，他们没有动不动就哭，没有因为刚刚哭泣过一把鼻涕一把眼泪的脸需要她清洗。两个姐姐都是她带大的，按说当时她也用尽了全部的力量去养育她们，不知道为什么，现在回头看，她带得还是不够好，她们常常哭闹，而她一听她们哭就开始慌乱，只好丢了手里的东西过去抱她们。拥抱能缓解她们的情绪，孩子都不哭了，可是她的慌乱还是在心里挥之不去。现在回头看，她得承认，她没有育婴师有耐心，没有育婴师有经验。但谢天谢地，她还是把她们两个带大了，而她们两个虽然瘦小，却也无大问题，也在跟着同龄人的步伐成长，没有落下什么。现在这个家里有四个孩子，楼上楼下的生活有点不统一，却也热闹非凡，用奶奶跟别人聊天时幸福美满的话说，他们这个家庭非常完美，她有一个这样的家庭，她的晚年像浸在蜜罐里。

有了老三、老四之后，爷爷、奶奶满意不在话下，爷爷还从香港搬到深圳小住了，且次数越来越多，住的时间也越来越长。就是最近艾倩才知道，爷爷在香港的家庭有一儿一女，儿女的孩子都很大了，已经工作，没有这四个孩子更能讨老人欢喜宠爱了。

爷爷对这边家庭的事情并不过问，一切都由奶奶分配，他的更多心思还是放在香港那边的公司。那边的公司虽是交给了大儿子掌管，遇大事还得爷爷出面。这时，香港的司机便过来接爷爷过去三五日，待那边的事情处理完了，他便又高高兴兴地回到这边。

有时艾倩看着楼下会思考很多问题，她知道奶奶一直不满意她把老大和Kathy养得这么瘦小，所以才在第三胎出生后，叫艾倩把精力多放在老大和Kathy身上，她跟育婴师一起带老三和老四。艾倩看得出奶奶喜欢孩子，也能理解奶奶因为喜欢而更希望跟孩子从小培养一种亲昵的情感，与孩子一起滋生出那种贴心贴肺的亲情。奶奶说这样也是为艾倩分担，一对双胞胎不黏她，她可以全心全意地把老大和Kathy带好。艾倩觉得奶奶说得很对，她找不出一点可反驳的地方，但她每次照看完两个大的入睡后，总想要坐在这个地方默默地看着楼下。看着，她心里又高兴又落寞：高兴是因为老三、老四被养育得很好；落寞是因为她觉得像看着别人家的孩子，这个感觉让她不舒服，她不知道自己哪里出了问题。

二、布偶

近来，俊明与奶奶的感情看似好起来了，实则仍不亲，这点或许只有她知道。多少个夜晚，俊明如何折腾她，为什么折腾她，她心知肚明。

俊明说过，他是由他的阿公阿婆带大的。俊明有时酒后会哭诉，她从中抓住点滴线索，知道奶奶是爷爷的梅县同乡，是爷爷早年一次从香港回乡探亲结识的。说起来，他们应该还是族亲，都姓方，都是方姓后人。那时奶奶已经嫁出去了，一直不孕，因此在婆家受了虐待，娘家把她接回家休养，所以爷爷才认识了奶奶。后来奶奶逃出婚姻，爷爷把奶奶带到深圳。那时深圳还没有改革开放，更没有高楼大厦，放眼看去还是遍地泥坑。奶奶怀俊明之前在深圳中英街上的一家餐厅做工，怀上孩子后，奶奶不打工了，之前一心要去香港，这时也只好打消了念头。她是明白的，怀孩子无论如何不能走偷渡那条路，再说都已经怀上孩子了，她以为去香港是早晚的事。奶奶在之前的几年短暂婚姻中未生育，因此她特别珍惜肚子里的这个孩子。

奶奶安心在深圳生下孩子俊明后，俊明还不会走时这边就已经改革开放。爷爷叫奶奶不要去香港了，说在深圳看看形势，说不定这片土地也会繁荣起来。奶奶听了爷爷的，把俊明送去梅县老家让她的母亲抚养。奶奶做过生意，开过茶餐厅，后来因为还是想去香港而中断了。她在香港那边学做会计，待这边发展势头越来越好的时候，奶奶才后悔，当初应该听爷爷的，就在这边发展。待奶奶再回到深圳时，已经是二十世纪九十年代后半期，俊明已高中毕业，准备去上大学。改革开放后的深圳，有人比喻像是一个春天的到来，一元复始，万象更新，市场那么灵活，奶奶最终还是赶上了飞黄腾达的这趟列车，做成了几笔房地产生意。俊明读高中前没见过阿姑，就知道她在深圳上班，不知道她是干什么的。俊明的户口挂在大舅父家，他听说过自己是阿姑的孩子，想过到深圳去找她，但他们住在大山里，光是到县城就要翻山越岭走上一天。俊明终究没有勇气一个人走出去，也就一直没有见过这个阿姑，他跟阿姑的联系只有钱，他知道他的学费和生活费都是阿姑出的。阿姑跟这个家似乎也只是钱的关系，除了给他钱用，还会帮衬两个舅父家。

俊明考上高中后终于走出了大山，到了县城，他这才见到阿姑，一个看上去很时髦的女人，衣着打扮比县城里的女人还好看，她第一次跟他说话只说了一句话："你要考上大学。"俊明以为她会告诉他她是他的妈妈，俊明等了很久，阿姑始终没有跟他提及身世。只一顿饭的工夫，她又走了。俊明出去送她，她说不用送。俊明不回去，坚持跟着她，一直把她送到两条街道外的长途客车站里。客车站只有几辆大巴，俊明见她坐上了一辆最新最好看的蓝白色的大巴。俊明希望她上车前再次走过来跟他说说话，但直到车开了，他也没有等到。俊明哭了，哭着对自己说："她都没有看你一眼，她不想认你，你是个野崽，连生你的人都不喜欢你。"

艾倩知道那种心情，苦涩又无助。可能也就一次，但那种伤会一次一次地袭来，一次比一次痛，痛到让人麻木，再一次比一次轻，就好像痛结了痂，神经末梢往后退化，曾经痛到无边的心成了一块石头，就再也不痛了。

艾倩感受到俊明的这个痛时，只能把俊明抱紧，她知道这种痛谁也安慰不了。这也是为什么起初俊明折腾她的时候她是忍着的，她心疼俊明。但是谁又必须是忍受的角色呢？忍受是为了成长，为了自己，也为了他人。就是说人总得成长，该成长的时候拒绝成长势必会对他们造成伤害。她不知道俊明为什么不懂得这个，她也不知道自己要不要挑明。

也许是因为奶奶，有一段时间，艾倩想起妈妈的时候多了，有时想给妈妈打电话聊聊天。就在要拿起手机拨打的时刻，她又不想打了，心里又是极不愿意跟妈妈亲近了。从生第一胎办准生证，妈妈收到方总的十五万元钱盖房子之后，弟弟大锋毕业后创业妈妈又找她要了钱。她自己自然是没钱，只好找俊明商量，俊明也是大方，给了钱帮助艾大锋创业。艾大锋创业后，爸爸妈妈不再卖菜了，而是去帮艾大锋，在他的公司打扫卫生和煮饭。艾大锋结婚生子后，他们又照顾起了孙子，比艾大锋还忙。妈妈曾大巧在艾大锋生两个孩子时都巧妙地叫艾倩和俊明拿了钱出来，第一胎给了一万元，第二胎给了两万元，另外还借了三十万元，说是换个大房子，明年就能还完。最后一笔钱艾倩是用俊明的账号转的，因为她的卡里没有那么多钱。她卡里的钱很少很少，少到她都不好意思查看。

不管她自己有钱没钱，她都成了妈妈和弟弟的摇钱树。第二年妈妈和艾大锋都没有把钱还上，她好说歹说，都要过去找他们要了，艾大锋才还了十万元。艾倩催急了，妈妈又还了五万元，说是她偷偷攒的养老钱，万一艾大锋将来不养她，她拿这五万块钱跟艾有根回老家种地。剩下的十五万元他们就再不提还的事了，艾倩说多了自己会气得不行，干脆也不提了。她与妈妈和艾大锋因钱生了隔阂，有时就是想叙一下亲情，双方都会有顾虑，一方怕催债，一方怕自己说出口。

这时的艾倩嫁给方俊明已八个年头，已怀三胎生了四个孩子。这两年跟公公婆婆相处下来，她也知道他们都是温和、讲道理的人，在外人看来这一切或许是她难得的福分，就连老实的艾有根都认为她这一生不可能有比这更幸福的生活了。后来艾倩的小学和初中同学圈里更是不用再提，都知道她从内地的一个穷旮旯飞上高枝成了凤凰。就在前两年还不断有人托她找工作。艾倩没有答应，她知道自己几斤几两，艾大锋借钱的事已让她难堪得不得了，她实在张不开口再跟俊明提什么。她只叹，又有谁知道她真实的处境呢！但与此同时，她也知道，许多同学还在二三线城市的底层过着房子都买不起的生活。一个事物总有两面，一面是光亮，一面是阴影，站在光亮的一面看不到阴影，站在阴影的一面也看不到光亮。她无处与人交流她的这种心情，她不得不在别人的赞美下接受她很有福气的事实。众口如此一致，艾倩有时也在恍惚中强迫自己要时刻感恩现在的生活。

待两个孩子都睡着了，艾倩躺下不久，俊明就回来了。他一身酒气，并不想去冲澡就把艾倩推倒在床上。

他问艾倩今天参加的读书会好不好。艾倩说很好的，书是她看过的一本，大家说的她也都赞同。

艾倩还未说出提前虚构好的细节，俊明就呼呼睡了。第二天早上，俊明起来冲澡后下楼跟大家一起用早餐，看得出来，他因什么事有些按捺不住的兴奋。艾倩这才明白，他昨晚需要有人与他分享，而她依然是那个安全的人选。饭后，俊明果然高兴地说要送姐姐和 Kathy 上学。

老大、老二听说爸爸妈妈要一起送她们上学很高兴，欢呼成一片。不过一会儿，两个好姐妹又争执起来要爸爸妈妈先送谁。俊明拉着姐姐和 Kathy 说："姐姐爱妹妹对不对？姐姐跟爸爸妈妈一起送妹妹，妹妹会觉得很幸福对不对？" Kathy 忙点头。姐姐看妹妹点头又得意了，心里有了自豪感，她答应跟爸爸妈妈先送 Kathy。这下，两个孩子都很高兴，各自去漱口洗手，换星期一学校要求穿的校服。老三、老四还不明白两个姐姐争论什么，只要见两个姐姐大声说话就会高兴地拍手。艾倩见老三、老四高兴，也只远远看着，并没有迎合他们两个的欢乐过去亲昵一番，亲亲或者抱抱，她知道那是奶奶接下来会做的事情。艾倩上楼去帮两个上学的孩子穿好衣服。

送完两个孩子，俊明依然有掩饰不住的兴奋，跟艾倩牵着手走回小区去地库取车。艾倩看着俊明的车开出，从地库坐电梯上了楼，她想给俊明发一条信息，表达点什么。打开微信，艾倩收到四张照片。

周五的早晨，方俊明问艾倩，后天下午还要去参加读书会吗，艾倩说是。俊明给了她一些现金，叫她去买些新衣服，说见艾倩衣柜里的衣服都旧了，要连楼下保姆的穿着都不如了。

艾倩收下现金，心里突然才意识到她应该把她去读书会穿的那些衣服藏起来。待俊明走后，艾倩翻出一些俊明陪她买的名牌时装挂在显眼处。俊明最爱看艾倩穿的是在一家意大利品牌店买的一条一字领的藕荷色真丝裙，配一件秋天或在空调房里披的青绿色粘纤加羊绒的斗篷。这套衣服五六年来艾倩只穿了四回，最近一次穿是去参加一个公司股东家的晚宴，为这家的公子去英国留学饯行。这场合正式，主角又不完全是成人，所以当初她选了这套不是低胸的衣服，另外又配了细丝的银色胸针。俊明很满意，觉得不像其他一些夫人穿着大红大紫的衣服，又露着填出来的大半个乳房那样扎眼。

俊明给了钱，艾倩自然是要去买上几套新衣服的，这会让俊明觉得他对于艾倩是多么重要，他不但支撑着他跟艾倩楼上的这个家，也支撑着艾倩娘家的一切，甚至是她这美好的一生。送完老大和Kathy上学，艾倩回家做完部分家务，跟奶奶告了假去跟朋友吃午餐——其实，艾倩哪有朋友呢？她早断了跟外界的联系！艾倩没有朋友，她只是直接到了以前常去的几家时装店买衣服。她是VIP会员，熟悉的店员还是像往常一样夸她皮肤好，人漂亮，身材保持得真好。但这些语言也许刚刚被用来夸过上一位夫人，艾倩明白。

一个女人过了三十岁，如果身材没变，衣着风格也是要定型的。艾倩知道，就去那么几家品牌店就好。很快买完衣服，又去了超市，这一两年下来她已经养成习惯了，总喜欢在超市里看看平常的衣服。说平常也是带着时下的小时尚的，有些廉价的小花边或者金属扣。这样的衣服看看就好，偶尔买一件自己出门的时候搭着穿，买多了放到家里藏不住。

又是周日，艾倩跟俊明和奶奶交代，今天有一场读书会，若不跟大家一起吃晚饭就早回，若吃晚饭最迟不超过十点半。

周日上午，艾倩正常去学习，下午去参加读书会。今天读书会的主题是《禅的行囊》。作者是一个翻译家，出身于美国北部的一个贵族家庭，他说他从小就看破了红尘，但不知道可以干什么。他在哥伦比亚大学读书时，机缘巧合学习了中文，后来到了中国游学和修行，曾出版《空谷幽兰》，是一本非常叫好的畅销书。

艾倩还不知道什么是禅，也没有预读这本书，她就是看完预告对这个主题有兴趣。

艾倩既不想朗读什么段落，也不想举手发言，就是喜欢坐在从四面八方赶来的热爱学习的年轻人中，感受他们对未来生活的那份灼热的期望和憧憬以及美满幸福的氛围。

爱发言的人，有强烈期许的人，他们未必有真知灼见，但他们有强烈的想要表达什么的愿望和意识。这些意识到底是不是他们将来会坚持遵循的，谁又会知道呢？反正这样的场合是需要人热情发言的，这也就给了他们发声的机会。在他们举手发言之前，究竟他们要说什么，谁也不知道。想是即使发言后他们也要很多年后才明白那些言语是不是自己真实的想法吧。

总之，人是复杂的，大多数情况下不知道自己究竟想干什么，将来又会有什么样的想法。

艾倩又看到了那个男的，他在拍照。人与人的相识就是这样，若没有一次近距离的接触，任你之前见过多少回都不可能记得，但仅需一次接触就足以让你不管过了多少年都能从浩瀚的人群中把他辨识出来。

第二天，他又把照片发到艾倩的微信上。她简单回了谢谢。有什么好说的呢？仅是一两次的照面，他们还不足以成为朋友。他还是一个带着理想主义在痛并快乐地寻觅着生活的年轻人，但她不是，她已麻木，她的未来就是现在，也可能是从前。

有一天方俊明突然问艾倩："你认识夏国威吗？"

"夏国威？夏国威是谁？"

"我部门的小夏。"

"小夏？你常说他，但我们没见过吧？"

"噢，难说你们见过没有。明天下午他会送材料过来，你看看认不认识他。"

"明天我要去学习和参加读书会，这是我的固定假日，你和奶奶都是同意的。"

"明天就不出去了。我也不出去，你就在家陪我一次。"

"俊明，怎么啦？你说你会尊重我的意愿的啊！"

二、布偶 | 115

"对啊，就因为以前说过会尊重，所以现在就想不尊重一回。"

"财大气粗了是吧？"

"是的，老子就是财大气粗。老子不财大气粗，你弟凭什么找我要钱？之前说要创业，现在说要重组，创业、重组、重组、创业，他创业跟我有什么关系！要我投资？我需要那样的小公司做投资？换房借的钱还完了吗？叫他把那个钱拿去重组好了，不用他还了，但也别再借了。我一次都没有见过的人，看到他的电话就觉得像个诈骗电话。"俊明变得真快，转眼就换了脾气，还说了这么多不像他能说出的话。

"这次你可以不给，你对他们，不，对我们，对我娘家人的情分足够了。我并不支持你继续资助他们。"人的情绪要说也是有生命的，应该是这个世界上最机灵的无形生物了，它敏锐，反应快，在无常的对手面前能迅速做出应对。俊明换了脾气，艾倩一时也没有好脾气对他。

"放你娘的狗屁，你不支持，他们会来要?!"

"这次我弟找你要钱我真不知道。我说了，你这次可以不给，以后也可以不给。"末了艾倩又说，"请你不要再骂人，给不给钱都不要再骂人。"她说这话是没有底气的，确实是她的原因惹恼了俊明，她没资格叫俊明不恼怒。

俊明意识到什么，像是自身不够坚强，因无助泄了气的皮球，他走到艾倩旁边，想举手碰碰艾倩，可什么都没做。

艾倩离开了卧室，带着老大和 Kathy 打扫她们的房间，整理她们的衣柜和书桌。姐姐和 Kathy 分别有自己的书桌，可是 Kathy 总是喜欢去姐姐的书桌上玩玩具，使用姐姐的油画棒。这些事情总让姐姐觉得很委屈，她说不知道为什么妹妹总是要用她的东西，她是姐姐，又不能不让妹妹用。艾倩劝她可以不用凡事让着妹妹，自己想让的才让，不想让的可以不让，跟做姐姐没有关系，但需要她自己去维护这个权利，妈妈不能帮她解决。这样说了，显然还是无用，有时见老大委屈地在一旁抹眼泪，艾倩就知道她还是对妹妹下不了狠心，又由着妹妹去做了。或许人都是无助的，无能力坚持自己的立场，许多抉择，也是需要他人的协助和催促方能确定。

因为 Kathy 总是用姐姐的书桌，姐姐的书桌上全是 Kathy 使用油画棒遗留的颜料屑，油腻腻的，不用清洁剂和百洁布擦洗根本弄不干净。

三个人忙过一阵，艾倩叫老大和 Kathy 下楼找弟弟妹妹玩会儿，她要拖她们房间的地。待这边做完，想着俊明应该下楼了，她才去收拾她跟俊明的卧室和书房。

到了第二天送完老大、老二，艾倩还是换了一套普通的衣服，配了一个帆布背包准备出门。俊明又提起小夏，然后大怒，把他的皮夹扔到艾倩的面前，叫她看里面的一张照片。

照片还是怀老三、老四前拍的，那时的艾倩还是中短发，脸上有肉，在一个草坪上坐着。Kathy 很弱小，坐在艾倩的怀里，但她很高兴，笑得天真灿烂，像照片里的大好晴天。老大在艾倩的肩上露着脸，手脚并用，正在往艾倩的身上爬。

很好的一张照片，自然的母女嬉闹间真情流露的画面。照片上的艾倩也笑着，她知道俊明拍过这张照片，只是此时她已想不起来这是什么情况下拍的画面，但肯定是俊明还没有忙起来的时候，那是很久远的时候了。

艾倩拾起俊明的皮夹看，很不解地问："小夏跟这张照片有什么关系？"

"他说他认识你，他怎么会认识你？"

"我们不可能认识。"

"鬼知道你们认不认识。前天我叫他去买单，他拿了我的皮夹看到这张照片，说认识你。"

"我认真地告诉你，我不认识你部门的小夏。我要去学习，我要去读书会，这是我的假日！"艾倩说。

俊明向艾倩走得近些，问："真不认识？"

"你说说看，我怎么可能认识你部门的小夏？他又是怎么认识我的？"艾倩坚定自己的立场，反问俊明。

"他也没说一定认识，就说面熟，好像在哪见过你。"

"长得像的人多了去了，谁知道他见过什么人！"

俊明性子还是好的，觉得自己理亏会收敛些脾气。他可能意识到他敏感过头了。他看上去像认错了，但外人是不知道的，脾气收住后他的执着并没有在身体里随着退去，就像海滩上一层浪潮退去，那只是表象，你看不到的更大的浪潮在底下。

艾倩与俊明没有再争吵，这么多年他们也只是偶尔有小吵小闹，从没有严重到大打出手。毕竟他们曾一起走过那些贴心贴肺的岁月，俊明在艾倩这里得到过温柔和母性的呵护，她也抚平过他内心的创伤。虽然如今他们谈不上举案齐眉，但无疑他们之前有过牢固的感情。后来因为生育孩子，生活又把他们的一些棱角磨去了，在他们还没有达到针锋相对时已经把他们变成了溪水中的鹅卵石，于是他们妥协了，理所当然地承接着流水，继续生育更多的孩子来推动他们的人生岁月往前。

艾倩今天下午其实不想去读书会，因为今天的读书会跟一个叫"城市女子课堂"的培训机构合作，免费给读书会的会员试听一次关于如何做好一个优雅妻子的课。这个课的讲师据说是从台湾省请来的，是位名讲师，出场费十万多元，据说只要你听了，立刻就会想要做一个优雅的妻子。不但你想做，还想把身边的好姐妹都拉来学习，让她们也变成优雅的妻子。

艾倩不想去这场读书会，刚好借机可以一个人出去走走。艾倩越来越想要怀念一下过去，喜欢一个人走走初来这个城市求职时背着包走过的一条条街道。只是她的时间太少，不然她还想去东部沿着海岸线徒步，跟根本不认识的年轻朋友搭个帐篷，或去一个叫马峦山的地方看秋天成片成片的白芦苇。

艾倩去过两次那个地方，想不起来那些细节了，她只是朦胧记得一些碎片，等坐下来安静一会儿，那些碎片才会在她的眼前一张张放映。

曾大巧打了好几个电话给她，她起初不想接，等坐下来了想想，

二、布偶

到底还是自己的妈妈,她真能记仇记一辈子吗?似乎不能。于是她回拨曾大巧的电话。

艾倩自然地解释说,她在外,没听到电话响。曾大巧也不生气,"啊啊啊"地打着哈哈,说没事没事。说没事是说艾倩没接她的电话没事,紧接着就说:"红红啊,妈妈有个事,妈妈跟你爸爸偷偷地在省城买了一套小房子,现在你弟大锋不是公司遇到困难了嘛,妈妈不找你借钱,妈妈想把那套小房子给你,你给我们挪点现金给大锋救救急,你看能不能回来一趟,咱们当面把那房子的手续办了给你?"

"我说妈,我不需要房子,你直接卖了拿钱,该干吗干吗。"艾倩说完就挂了电话。

曾大巧又打来电话:"哎呀,你看你当投资嘛,投资有什么需不需要的?你们有钱人最会钱生钱了,不是需要了才买房子。"

"我有钱没钱你不知道吗?别人的钱不是我的你不知道吗?"

"红红啊,你咋这么死心眼呢?咋这么不活泛呢?你没钱,你给人家生那么多孩子,人家的钱不是你的钱是谁的?你就想想办法,找俊明说说好话,求求人家不行吗?你咋能见死不救呢?大锋的公司这次挺不过去他就一分钱也拿不到;挺过去了,公司就还是他的。"

"别说了!我就想知道我死你们救吗?我就想问问你们——你跟我爸,我为什么不活泛?我长这么大谁教我活泛了?我不但是自己长大的,还带着艾大锋,我就想知道,我一个小孩子还要带一个小孩子,我怎么活泛?跟谁活泛去?我不活泛,我死心眼,我活该行吧,你们当我死了行吧!"

"哎呀,哎呀,你这孩子咋这么跟妈妈说话呢?你怎么就死了?大锋说俊明一个项目就多少个亿的,多少个亿是多少我也不知道,你们这么有钱,你怎么就死了呢?……"

艾倩把电话掐了。艾倩想把打电话的事忘了,想当一切都没有发生。她又走了几条街,无处去了,傍晚的时候艾倩还是来到了海滨生态公园。到了一个相同的地方,人们总是习惯于朝上一次待过的地方去。这个公园,艾倩有两个固定的地方可去,一个是椰树林的草坪,一个是上面的一片榕树林。江门新会有个地方叫小鸟天堂,它之所以有名气,一是因为巴金老先生的《鸟的天堂》那篇文章,二是因为它是梁启超的故乡。小鸟天堂里有棵大榕树,只是一棵,由于根不断从树枝上垂下来又扎到地下,根再生枝,枝又生根,这样周而复始,一棵大树就有了无数的根,看上去蔚为壮观,一棵树就像是一片森林了。这样的景象在岭南这片土地上随处可见,艾倩心里也是很喜欢独木成林的意境,下了公交车,因为心里想着这里,就朝这个地方去了。

黄昏时,艾倩从榕树林往海边走,再次走到她常坐的一棵大椰王树下,见坐着一个人,那个男的扎着三脚架,席地坐着在镜头前守候着。

艾倩很奇怪,并没有马上走开,悄无声息地在他的身边站着。待他发现艾倩时,他惊慌了一下,邀她坐下来。

二、布偶

艾倩坐了下来，想着俊明说的夏国威，突然间想跟眼前的这个男的聊聊天。因为近期除了他，艾倩实在没有接触过别的男性。

他在拍海面，用的是广角镜头，彼岸元朗的灯火和深圳湾大桥的景象全在他的镜头里。他说他的镜头里需要一个背影，他在等一个背影出现，最好是女的，长发，他看了看艾倩，觉得她很合适。艾倩乐意，她想，若想跟他聊起来，拿出些真诚来交换还是必要的。

如艾倩预料，他拍完照片，主动跟她讲起去海边和梧桐山顶拍照的经历，说如果艾倩愿意，他下次去可以带上艾倩。

艾倩便问起他是做什么的，他说是担保公司的一名业务经理，还说他不喜欢这份工作，不过是他在这个城市生存的手段而已。他之所以进这个行业进这个公司，是因为他的一个表舅是这个公司的小股东。他是山西人，大学读的是金融专业。

艾倩又设法问他公司的位置和名称。无疑，他是俊明说的手下夏国威。但他应该并不能确定艾倩就是他看到的照片上的那个人，这个可以从他后来的猜测中确定。

"你上次说你住黄埔一号？"

"是的。"

"那里住的可都是有钱人。"

"你想说什么？"他自然是话里有话，艾倩觉得也没必要跟他绕弯子，直接问他。

"你是做什么的？"他不回答艾倩，反问道。

"你不是已经猜到了吗，何须再问？"艾倩明明知道他猜得不对，还是使了个幌子，看他怎么想的。

他回头看一眼艾倩，天色已经暗了，她不知道他能看出什么。

"猜得不对，你别生气。"

"不生气，猜不对了再猜。"

"我想，你可能是一个幼儿教师，那个小区里有一所加拿大国际幼儿园。"

"不是。那个幼儿园除了生活阿姨可以住在校内，老师是不给住在校内的。"

"若不是幼儿老师，也是跟幼儿相关的职业吧？你肯定不是小学老师，你身上有一种与幼小的孩子相处的耐心和诚实的气息。"夏国威补充说，"小学老师身上不是这种气息，这种气息只有与很小的孩子长期相处才有，它磨掉了成人的世故和狡猾。"

"你这说法倒真是新鲜。"

"所以你到底是干什么的？能住黄埔一号的人非富即贵，穿衣很是讲究，不会像你那么穿爱马仕。说了你别生气，你穿的爱马仕衣服和拿的爱马仕包也都是真货，并不是大街上买的 A 货，所以，我猜是别人赠你的。或许你不知道这些品牌，所以你无所谓怎么搭配。"

艾倩得承认，她听了这些话多少是有些害臊的，她不知道她的这些小聪明终究还是被人从另一个棱面看穿了。虽然身份没有猜对，但关于穿衣的这点心思，他还是猜对了的。好在夜色暗了下来，艾倩脸上的害臊夏国威未必看得出来。

"你说得对,我的许多衣服是一个亲戚穿剩的。好吧,我是那个幼儿园的生活阿姨,住在学校。"害臊归害臊,艾倩也没有忘了应对他们的交谈。

"那怪不得!"夏国威认真地看了她一眼。但因为天色暗,他未必能看出什么。夏国威没把头转回去又说:"我在读书会上关注你小半年了,那天巧了,又见你在这里,所以特意给你拍了照片。但你怎么是生活阿姨呢?以你的条件,做幼儿老师还是没有问题的吧?"

"那是你高看我了,我确实是生活阿姨。"艾倩转念一想,又说,"我在内地是幼儿老师,听说这边工资高,就想着来这边工作,但这是大城市,幼儿老师的条件要求太高,我就做了生活老师。其实就是生活阿姨,这边的幼儿园叫生活老师而已。"

"我说呢,你怎么可能是生活阿姨。"

"就是生活阿姨啊,生活老师是美化的叫法。"艾倩突然较真起来,连她自己都觉得意外。

夏国威转了头问:"你住学校里?你一个人在深圳?"

"是的。住学校里多好,不用租房子,不然生活阿姨这点工资怎么够交房租?"

"是的,我们光靠工资也顶多够租房吃饭的,剩不下几个钱。这个城市不是打工人的城市,是老板的城市,是高薪人才的城市。这样下去,这个城市根本不需要底层,因为底层在这里生活不下去只好离开,这个城市就会进一步淘汰掉那些低能产业。"

"你看得很透,我就是因为没看透这些,才以为能在这个城市里挣到钱。"

"不说这个了。方便问你多大了吗?"

"年龄?快三十了。已婚,有一个女儿。"

"但你看上去很年轻。可能你有锻炼身体的好习惯吧,让你显得年轻。"

"你是说瘦吧?"

"不不,不是这个意思,就是好身材带来的年轻感。"

"我大过你吧?"艾倩一转头看夏国威。

"是的。但也没大多少。"

艾倩以为他们的聊天即将画上句号,女大男,这是男女交往的终结话题。但不承想,夏国威停了半晌又说:"刚才说过,我早注意你了,希望跟你做朋友。我想你住学校而不出去租房住,是一个人吧?我的意思是说我想跟你做男女朋友,我想追求你。"

这话让艾倩一惊,差点站起来仓皇而逃,她未料到现在的年轻人这么直接。她想,她都这个年纪了,应该能做到处变不惊才对,即使不是当下,她未来的生活里也会有其他的事情一次一次这样考验她。艾倩暗暗吸了一口气,让自己镇定下来后说:"我说了,已婚,有一个女儿。我们只能做普通朋友。"

夏国威听艾倩这话倒是释然的,说:"对,或者我们先做普通朋友。"

前方,海面的灯光摇曳起来,海面已不是海的样子了,像另一个国度传来的镜像。也像海妖塞壬就在其中,她即将高歌一曲,使意志不那么坚定的人忘记了归家的方向。

夏国威邀艾倩一起走走。

这时仍不断有游客来公园,多是情侣,有年轻人,也有中年人,他们都是手挽着手。天气虽然不冷,但毕竟已是深秋,女士们已披上了纱巾,海风一吹,那些轻纱缠缠绕绕地在两个人的身体上扭动。艾倩仿佛一下子看到自己年轻时候的样子,那时她太无知,初来乍到,觉得自己马上就是这个城市的一员了,她将属于这个城市,这个城市也必将是她的城市。她跟一起找工作的人很快成为朋友,她们一起找工作,一起游玩,在一些公园等公共场合,她们开怀地笑着,放肆的青春里有许多未知的邪念。她们扭动着姣好的身躯,希望引来异性的目光,她们对此毫无廉耻之心,好像青春就应该那样无知和骄傲。然而只是短短的几天,她后来不得不去餐厅做服务员,才认识到这个城市的残酷生存状况。

艾倩情不自禁地说:"青春真好!"

夏国威说:"未必,多有无耻之徒。"

他们的心境显然不在同一个对话基础上,只好沉默着向前。

人行道旁边的椰树林里,有躺着或坐着缠绕在一起的情侣,像幽暗灌木丛中蠕动的肉虫。从人行道往树林走去的人看到了会绕着走,并不去惊动他们。因为他们未必不是想要找个地方那样。

夏国威问艾倩叫什么,艾倩随口而出:"阿红。"又说,"农村出来的,很普通的名字,你别笑话。"

夏国威没有笑话她,念了一句:"阿红。"

艾倩与夏国威走了很长很长的一段路，有夜骑的自行车车队从他们下面的自行车道上呼啸而来，呼啸而去。后来走累了，艾倩在面对海面的长椅上坐下来，夏国威很自然地跟她坐在了一起。他们并未进一步地交谈如何"先做普通朋友"，或许是身体指引了他们，他们先是试探地相碰，然后很自然地相拥一下，之后就很快纠缠在了一起，好像他们早就相识，而今不过是重逢。

夏国威还不知道艾倩的真实姓名，而艾倩这时已经知道他是夏国威，俊明的手下。他有一天得知真相后一定会憎恨艾倩，但艾倩的心思谁又能明白？她不只是想放荡一场，出格一次，她想要的是一种远离当下的体验，然后对她厌倦的富足生活生出珍惜和怀念，并借此在罪念中安分守己地过完无趣又漫长的一生。

艾倩跟夏国威分手后，夏国威依依不舍，约了下周再见，艾倩当时没答应。

周日下午三点，读书会开始不久，夏国威发信息给艾倩，说："走吧，我带你去个地方。"夏国威就坐在艾倩的后面，艾倩感觉到了，夏国威踩过她椅子上的横栏，她知道是他来了。艾倩一时分了神，见台上嘉宾的嘴还一张一合，却早已听不到声音。艾倩鬼使神差地回了夏国威信息："好。"

出书店，经过咖啡休闲区，夏国威在等她，问她："喝咖啡吗？"

"不喝了。"艾倩回。

"那好。"夏国威几步跨出去到路边叫了一辆的士。他坐在前排，艾倩坐后排。"师傅，到风琴岛酒店。"夏国威说。

二、布偶

"湖心路上吗?"司机问。

"是,湖心路东段。"夏国威回。

艾倩知道自己现在的变化很大,主要是心理的,起初她不过想要有个假期,不过是想体验一下别人的自由的生活,后来俊明让她生气,妈妈逼她,她想过放弃这一切算了,想想又有很多事情不能舍去。她纠结万分,取舍两难,后来她知道自己做出了并不明智的选择,但那对她来说或许有效。这是明知故犯的心理,她知道,她需要一个捆绑她的事物,就是一个秘密也好,守着这个秘密把生活过下去。她知道秘密有时候是一个人的底气,是自律的章法。她有过一次了,却还没有终止,她知道危险才刚开始。她像得了失心疯,有控制不住的冲动。当然不是从想有一天的"假日"开始,也不是从上一次跟夏国威在公园里开始的,是现在,是停不下来的现在。所以她不想让自己此刻太明白接下来要干什么,她此刻什么也不想,她想让自己是空的,身体是空的,脑子是空的,让一切发生。进了房间,她坐在沙发上,无所事事般,像坐在自己的家里。或许,坐在自己家里她都没有这么放松。她越放松,夏国威就越紧张,说:"你喝水吗?"夏国威不等艾倩回答就去吧台烧水。水烧上后,夏国威脱掉外套,搭在沙发上。艾倩说:"你坐下来吧。"夏国威坐到艾倩的旁边,尴尬地一摊手,低头笑了。艾倩也笑了。夏国威抓起艾倩的手,慢慢地用力,艾倩没有回应。过了一会儿,夏国威要站起来冲茶,艾倩说:"我来吧。"夏国威无趣地坐着看着艾倩娴熟地冲茶，他觉得艾倩的背影真是好看，过肩的直发挂在耳朵上，粉色丝质衬衫束在中筒裙里，她身材又好，样子娴静又挺拔。夏国威又鼓起勇气站起来走过去。

"我们不要再见了。"分手时她跟夏国威说。到底是觉出了危险还是觉出了无趣，艾倩不想分明。

艾倩再也没有去那个读书会。

夏国威怎么发信息艾倩也不回，她想要的秘密已经有了，双份的，此刻像蜂蜜落到了心窝里，黏稠得扯不开，又冰凉沁心，也许有点疼痛。艾倩不得不承认，一层一层地剥离之后，剩下的还是甜蜜，像苦过之后的回甘那样，甜蜜从喉咙又回到口腔，回到舌尖，以及蜂蜜入口前让人眩晕的蜜香。想到这里，艾倩心里对俊明的气消了，无论以后他如何待她，她现在也是一个犯过错误的人了，该收心了，平安了。何况这个错误还是甜蜜的，能包裹她，使她可以藏身其中。

夏国威找不到她，慢慢地也就不发信息了。那些甜蜜的话和诅咒的留言艾倩都一一删去，让它们随风而去。但就在这年的公司答谢年会上，俊明带她出席年会晚宴，她又见到了夏国威。

夏国威说："是你！"艾倩一下没认出夏国威来，他穿了西服，打了领结，头发也像俊明一样往后梳着。夏国威得知艾倩是俊明的老婆一下子失了态，把一杯红酒弄洒了一半。艾倩也没想到总公司高层的晚宴里会有夏国威，她忘了夏国威说的他进公司是因为一个董事是他的表舅的话。但艾倩很快镇定了下来，她料想夏国威知道了她的身份更不会说出来的，所以微笑着跟夏国威点头回礼，又跟俊明去了另外一桌答谢大客户。

过了年，春节后上班又是新一轮的客户拜访，俊明常常晚归。这天，夏国威把俊明送到家，奶奶正在客厅看老三、老四玩，这对龙凤胎正围着学习机抢东西。老四抢不过老三，奶奶也不管，满意地看着他们两个，由他们自己去分高下。艾倩在楼上一角看着楼下，她早已没有要参与养育老三、老四的心。虽然是她生的，但与她早已没有了关系。那种母性的东西在慢慢脱离她的身体，像胎盘滑出体外。她不过是个"代孕者"，曾"租借"过子宫，因为子宫着急孕育生命的饥渴催促，她的身体人道主义地分泌过过剩营养以喂食子宫。现在，她曾"租借"出去的子宫已慢慢收缩完，已归还给她，因为过度扩张的损伤已修复如初，从"西瓜"到"酥梨"，不单子宫从生理上回归了自己，连带起来的，她发觉心里升起的绝情恐怕才是一个生物与生俱来的本性。

生活保姆不知在哪里，俊明进了客厅，育婴师快速地迎过来要扶俊明。奶奶叫艾倩，叫她快下去把俊明扶上去。

艾倩本来陷入观看两个孩子的麻木中，奶奶这一叫，她条件反射般地冲了下去。

艾倩冲下来，育婴师松手，剩夏国威跟艾倩一边一个架着俊明往楼上去。楼上姐姐和Kathy在她们共用的书房里，艾倩去关孩子书房的门，示意夏国威把俊明扶到卧室。卧室是套间，外面是小客厅、卫生间、水吧。"俊明这样肯定洗不了澡了，让他躺床上。"艾倩说。夏国威看艾倩一眼，一起把俊明往卧室里拖。俊明一动不动，夏国威把他往床上丢成什么样就是什么样。艾倩取来热毛巾，帮俊明擦去脸上的油腻，然后和夏国威一起帮俊明脱马甲。"裤子呢？"夏国威问。艾倩一愣，觉出尴尬，说不用了，俯下身子拉被子给俊明盖上。夏国威等艾倩起身，一把把艾倩推倒在俊明身上，骂一句，浑蛋！夏国威肯定不是骂俊明，这一句"浑蛋"肯定是骂艾倩的。艾倩没想要回骂，起身坐起来低着头。夏国威也喝多了，脚下踉跄，一下子靠在衣柜上。可能因为有醉意，夏国威的身子先是一个延缓的反弹，然后停了一下，好大一会儿自己又挺起身子，硬着脚步往楼下走去。

方俊明第二天醒来，喝完艾倩给他准备好的放在床头的蜂蜜水，然后去洗漱。

孩子这时早已洗漱好，下楼用早餐去了。艾倩在孩子房间整理东西，听到这边有动静，过来看看。俊明刚洗浴出来，迎面就给艾倩一个巴掌，然后把她按在床上。现在的俊明胖起来了，可称壮实，当年他趴在艾倩身上，艾倩觉得他很轻，像个孩子趴在母亲怀里。艾倩生完老大后胖过一阵，生完老二又瘦回到原来的身材，后来一直没胖。就是怀老三、老四她也是虚胖过一阵，断奶前就瘦得差不多了。现在艾倩觉得俊明压得她要喘不过气来。

二、布偶

"你到底想怎样？"艾倩问俊明。

"不怎样，我不会再拿出半毛钱！"

"你都不拿了，为什么还要来数落我？去年就跟你讲过，你可以不给，再也不用给，是你偏偏给了。我依然是那句话，你可以不给，一分也不给！"

"放你的狗屁！"俊明把手里的什么东西一甩。

艾倩知道前几天妈妈和艾大锋可能已经走投无路，又找了俊明。

艾倩实在是太委屈了，趁俊明一个分神，奋力逃出卧室，去孩子房间拎出两个书包就下了楼。

楼下，两个孩子在用早餐，保姆在孩子旁边抹面包果酱，那是给 Kathy 带去幼儿园的点心。艾倩看见保姆在，收起慌乱的步子，走到楼梯旁边闲置的茶几边坐下来等孩子。Kathy 见妈妈下来了，说她吃饱了，丢下餐具就朝这边过来。姐姐稳重，不慌不忙地喝完自己杯子里的牛奶，然后拿起保姆刚才打包好的餐盒才朝艾倩这边走来。艾倩早拉开 Kathy 的书包，姐姐随手把餐盒放了进去，艾倩连忙拉上 Kathy 的书包拉链，牵着两个孩子就往外走。姐姐大些，一路上握紧艾倩的手，一遍一遍地抬头看妈妈。Kathy 不太懂事，说："姐姐，妈妈要哭了吗？"

"小孩子不要乱讲话。妈妈很坚强，妈妈不会哭的！"姐姐说。

"姐姐才乱讲话，妈妈会哭，我还给妈妈擦过眼泪！"Kathy 倔强地回姐姐。虽然 Kathy 秋天要读一年级了，但还是很天真的孩子。

艾倩拉着两个孩子拐到一条小路上停下来，告诉 Kathy：

"Kathy，妈妈是哭过，但那是以前。姐姐说得对，妈妈现在很坚强了，妈妈不会哭的！"艾倩对 Kathy 说这番话时，姐姐就站在一边看着，她看着妈妈的样子，脸上满是疑虑，并不确定妈妈是不是很坚强。艾倩冲姐姐一笑，拉回她的手说："走吧，我们先送姐姐，再送妹妹！"姐姐的小学远些，先送 Kathy 的话，要多走点路，多拐一道弯，她们看看时间，一致决定先送姐姐，因为 Kathy 的幼儿园迟到不扣分。这些道理，Kathy 也懂了。

艾大锋的公司是几个人合伙开的，一再运作不下去肯定是哪里出了问题，也许早解散对年纪轻轻的大锋是件好事。他一毕业就开始创业，当时也是仗着他姐姐嫁了有钱人，开创公司时向她拿的钱，第一次出现危机时向她拿了钱，第二次危机没渡过公司重组还是向她拿了钱，这次已经是第四次了，也或者是第五次了，她不知道，总之她不想再借给这个弟弟钱了。她本没有钱，钱是俊明的，弟弟向她拿钱，就等于是向俊明拿钱。俊明可以不给。一年前那一次借钱，弟弟让妈妈给俊明打电话，俊明回来发火后，她就跟妈妈说了："请妈妈不要再打俊明的电话，既然都不好意思给我打电话了，又怎么好意思越过我给女婿打电话呢！"她当时就是这么在电话里说妈妈的，她不后悔，不后悔伤了妈妈的心，使母女情断意绝。她能接受妈妈向全村的人炫耀她和弟弟都考上了大学，后来妈妈向人炫耀她嫁了个金龟婿就让她讨厌了，她恶心妈妈隔一条巷子跟人说她在深圳住复式豪宅。这让她非常后悔早些年孩子奶奶还没有住过来，她

二、布偶

无聊时跟妈妈打了太多电话聊得太多。过年，俊明不让她带着孩子回去，说那边冷，那时保姆也提前走了，没有人帮她，她只好把 Kathy 锁在塑料栅栏里，让姐姐陪着 Kathy 玩，她煮饭、拖地，给俊明熨烫衬衫。奶奶那时还不打算帮她，偶尔来一次，送些从香港带回的东西，在楼下转一转就走了，也没有要帮忙看管两个孩子的心。艾倩想不透，这些明明是给妈妈诉的苦，却都被妈妈当成美事来谈，住大屋，有保姆，孩子奶奶很有钱，小孩子吃的用的都从香港买。

这天早上，来接俊明的不是小陈，而是夏国威。艾倩送完 Kathy 在小区外围散步，想慢悠悠走去超市，在小区出口遇着夏国威。夏国威下了车，在一边站着，她见着一愣，想绕开他，夏国威却追上来拉着艾倩一条胳膊说："真是你？"好像一句不够又问了一句，"真是你？"艾倩挣脱他走掉了。她未回头，她不想回头，她知道夏国威在她背后死死地看着她，想把她撕成布片。艾倩没有回头，她沿着小区绿化带旁边的小径往前走，她知道前面是什么地方。她往前走着，也困惑着，不知道为什么夏国威没有把车开到车库去接俊明。俊明不开车回来的次日早上要是小陈来接，都是把车开到车库去的，那样俊明坐电梯下去可以直接上车。

艾倩不知道是不是夏国威跟俊明说了什么，有一天俊明回来平平静静地吃了晚饭，难得地跟姐姐和 Kathy 两个人在书房玩。睡觉前俊明还给姐妹两个讲了故事，主要是给 Kathy 讲，姐姐喜欢自己看绘本。等姐妹两个睡了，俊明才回到卧室套间的书房。这个书房早被他们当成了起居室用，自然是因为俊明并没有时间在家看书和工作，书房就成了摆设，充当了生活功能厅。卧室里，艾倩在整理衣柜。直到艾倩上床了俊明才进卧室，跟艾倩并排躺下，艾倩还像以前一样问他："工作顺吗？"他还平静地回："很顺，向来大哥那边的业务都不用怎么费心，白拿钱的事。"艾倩拉起被子盖上，侧身关灯。俊明突然起身，骑上艾倩，艾倩以为俊明想疯狂折腾，她逃不过，挺一下身子迎合他。俊明将艾倩的两只手抬过她的头顶，一手按着她，一手狠狠地抽她耳光。艾倩软下来，想着俊明又是用这样的方式发泄，心灰意冷。俊明手上用力，嘴里却是小声地说："你喊啊，你喊啊！"艾倩一咬牙，挣扎起来，把身子往上挺，要硬贴在俊明身上，她不喊，她要用对抗的方式，让俊明生起更大的欲望来征服她。灯刚熄灭，房间太黑，俊明并不是每一次都能准确地抽到艾倩的脸上，艾倩这样对抗更是抽不到人了，俊明索性不抽了，腾出手来控制艾倩的身体。艾倩不能动，忍着疼痛不叫，这些都不过是她早就应该有的心理准备，还在她的出租屋时她就应该预知的未来灾难，只可怜她那时还以为俊明当她是唯一信任的人，才不顾及形象朝她使粗，朝她发泄。俊明从她身上下去，很快睡了。她知道那句话，不是你的东西，你要付出百倍艰辛才能拥有。

　　第二天他们像没发生过任何事情一样起床洗漱，各做各的事情。只是艾倩的脸上有些木然，眼睛肿了，她细致地洗了脸，用温水、冷水交替敷过，又拍了一些柔肤水、抹了气垫霜，然后涂上一层干粉，扫上腮红。这些弄好，艾倩如常去两个孩子房间，协助她们洗漱，给她们准备着装。

Kathy 盯着艾倩的脸看："妈妈今天要出去吗？"

"妈妈今天不出去。妈妈送完姐姐和 Kathy 上学就回来。"

"那妈妈为什么化美美的妆？"Kathy 问。

"妈妈爱臭美呗！"艾倩回。艾倩给 Kathy 脸上涂完润肤露，让她转过身梳头，这样 Kathy 就看不见她的脸了。

艾倩以为她这样忍着过下去就没事了，每周有一次的假期，她能在这一日调节好自己，抹去昨日，迎接新的生活。

俊明用过早餐跟她一起出门送孩子上学，然后要求艾倩跟他去车库，坐上他的车。俊明把车子开到婚姻登记处，取了离婚登记的号。艾倩已经看懂了俊明要做什么，她心里一阵一阵地抽搐，不像是疼，也不像是痒，是一种不适要呕吐的感觉。艾倩的身份证在俊明手上，除此之外，俊明手上还有一沓公证材料，上面有她的签名，她并不知道自己什么时候签了那些文件。一切是俊明在办，最后他俩一人领了一个本子才走出婚姻登记处。

俊明去取车时，艾倩站住了，她除了手上有一张身份证、一个小本本，身上并没有带钱出来。她自然是知道她现在的处境，但是还是恍惚地看着俊明去往停车场。你还指望坐他的车回去吗？这么问自己后，艾倩低头一个冷笑，这才明白不该奢望还能坐俊明的车回去。

但俊明来接她了，在她面前停了车。若忘记他们刚刚离婚的事实，就当下的情境，俊明自然是叫她上车的意思。艾倩没有像往常再坐副驾驶位，而是拉开了后座的车门。

艾倩回到家，不知道接下来该做什么，不知道俊明丢在沙发上的衣服她还要不要整理。但孩子的书房还是要收拾的，孩子的衣服还是要洗烫的，因为孩子还是她的孩子，于是艾倩觉得又有事做了。还是春天，她已经想到要把孩子们夏天的衣服整理出来，她检查姐姐去年夏天的衣服还能不能穿，不能穿的，哪些是可以留下来给Kathy穿的，哪些是要收拾出来捐到社区的捐衣站的。艾倩想，要给姐姐买衣服了，买回来洗过熨烫好准备着，深圳的春天一眨眼就会过去，说不定哪天就需要了。艾倩想去逛街，到孩子的房间找了笔和纸写了满满的一张购物清单。

俊明打电话叫艾倩把第二天穿的衣服送去一个地方：平洋酒店，608088。这是几楼？这么长的房号还是第一次见。

艾倩到了酒店问前台，说是60楼的8088房间。艾倩上了楼，按门铃。来开门的是俊明，他叫她把衣服拿进去挂好。艾倩还没有住过这家酒店，也没有住过这么高层的房间。酒店在后海，面对深圳湾，视野里一半是城市一半是大海。艾倩在配套的起居室挂好衣服要离开，俊明叫她留下，艾倩默默坐下没说话，想着两个人这种情况是不可能心平气和地沟通的。两个人都静默了一会儿，也可能正是因为这静默，艾倩听到卧室那边传出来的动静，觉出羞辱，她忙站起身。她想离开，立刻离开，一刻也不能在这里多留。

艾倩起身后朝门口退行几步，像一个服务人员礼貌得当，她从

二、布偶 | 137

没有像这一刻对方向这么敏感，她马上判断出离开的路径，迅速地走去楼层电梯间。

俊明到底想怎样呢？艾倩揣摩不透。她出门时没有带外套，感到冷，只好把围巾打开裹着肩膀。她木然地走到路边，拦了一辆出租车，木然地上了车。出租车沿着海边走，前方一半明亮，一半黝黑，使城市孤寂而荒凉。像另一种美，大约在庞大的黝黑的海边，任何灯火都显得柔弱无力，虽路两旁的路灯都开着，但那光仍让艾倩觉得寒冷。而就是这样寒冷的光芒，把前方合抱出一条甬道出来，以不可抗拒的引力把她和出租车吸了进去。艾倩觉得自己和出租车像一个气泡，在甬道里滑行，驶向深渊。

艾倩想逃。

她送完Kathy，又送完姐姐，跟姐姐说她要回姥姥家去，要姐姐疼爱妹妹。姐姐还没有离开过妈妈，还不知道离开妈妈是什么感觉，见妈妈说得认真，竟天真地同意了。艾倩折回家里，简单收拾了私人物品，用Kathy幼儿园用的备用被单裹着出了门。

岭南的回南天湿寒，体弱的孩子容易患呼吸道疾病。春天结束前，Kathy病过一次，影响了肺部，造成了肺炎。艾倩忍住了，没有现身。姐姐有一次闹肚子，也住了两天院，脸上瘦下去很多。到了夏天，姐姐和Kathy都长高了，Kathy胖些了。两个孩子，艾倩更清楚姐姐的情况，因为姐姐在读小学，出入小学没有人跟得太紧。

Kathy 还在读幼儿园，没有家人刷卡，进不去校园。

秋天，Kathy 要读一年级了，艾倩再也没有在原来的幼儿园见过 Kathy。还好，姐姐还是在原来的小学读书。艾倩藏不下去了，她现了身，把从小区出来要拐进学校路上的姐姐叫了出来。姐姐认出是妈妈，自己捂住了嘴。她不敢跟艾倩走，她说："妈妈，你不是去姥姥家的路上死了吗？你是鬼吗？"

艾倩说："你怕鬼吗？"

姐姐说："怕。"

艾倩说："你知道怎么区别鬼和人吗？"

姐姐说："不知道。"

艾倩说："鬼没有影子，你看妈妈有影子。"

姐姐看了看艾倩的影子，又看了看自己的影子，眼泪掉了下来。姐姐走近艾倩，像说悄悄话一样小声地说："妈妈，你不要我跟 Kathy 了吗？"

艾倩说："要的，妈妈要你的。只是妈妈要照顾一个人，所以就照顾不了你们了。"

姐姐说："难道那个人比我和 Kathy 还重要吗？"

艾倩说："不是的，姐姐和 Kathy 更重要，但是那个人快死了，没有人照顾，不像姐姐和 Kathy 有人照顾。"

姐姐说："你骗人！"

艾倩说："我不骗你，我可以带你去看那个人。"

姐姐想去看看艾倩说的那个人，艾倩一时无法，心一横，决定带姐姐去，她不想让孩子觉得她在撒谎。艾倩不想在学校门口待得太久，怕姐姐的同学看到，她也是没有办法，她编不出更好的故事，只好把眼下的事情当成借口。

艾倩在一家医院当护工，照顾一个老妇人，老妇人大部分时间意识清楚，主要是身子动不了。老妇人的睡眠时间忽短忽长，要是突然间醒不过来就是一生终结的时候。姐姐跟艾倩到了医院特护病房看望了老妇人。很好看的老妇人，满头银发，嘴里没有了牙，看人时眼睛含笑。姐姐见她鼻子里插着管子，小心翼翼地挥着手跟她说："婆婆您好！"老妇人也挥手，说："你好！"姐姐从见到艾倩开始就一直紧张，这会儿一下子笑了。

艾倩带姐姐出了病房，问她妹妹好不好。姐姐这时已经很放松了，告诉她，Kathy跟小的弟弟妹妹一起去香港上学了。艾倩如释重负，说："原来如此。"艾倩又问姐姐，"姐姐为什么不去香港读书？是姐姐不愿意去吗？"

姐姐说："我是在深圳出生的，不是在香港出生的。"

"噢，对啊，姐姐是在深圳出生的，不是在香港出生的。"艾倩嘴里这么说，心里知道事实是Kathy也是在深圳出生的呢，但这个话不能说出来。只是他们如何给Kathy办到香港的出生证明的？还有太多的问题，但她又觉得不该去问一个八岁的孩子。于是艾倩跟姐姐约定不能把她们见面的事告诉任何人，连妹妹Kathy也不行。这是她们两个人的秘密，这个秘密保守得好，老人家就能好，保守不好，艾倩就不能照顾她了，老人可能就会死了。艾倩还答应姐姐，等照顾完那个银发的老妇人就回到姐姐身边。姐姐长这么大还未经历过人的生死，就连眼前的老人鼻子里插管对她来说都是很震撼的事情，所以艾倩说什么姐姐都信，并郑重其事地要为艾倩保守这份秘密。

艾倩送姐姐去学校，快到学校大门的时候，艾倩跟姐姐分了手。她看着姐姐的背影，把舌头咬出了血，她没有把咸的血吐掉，而是梗着脖子吞咽了下去。

艾倩这时不叫艾倩了，她用回了原来的名字——艾红红。艾红红才是她，她是艾红红。她离开家后并不舍得离开深圳，她的孩子都在这里，她没着没落地过了几天，突然发烧，自己找了家医院去了急诊室。她并不需要住院，但是她没有离开医院，一直在医院里待着。后来她见医院的一个地方贴了招护工的启事，她就去应聘，并留在了这个医院做护工。因为是私人招的，雇主见她人挺素净，除了人瘦了点没有可挑的，就用了她。艾倩也留了个心眼，没用艾倩这个名字，这个名字太招摇，像出身多好的人才叫的名字，她用回了艾红红这个名字。她觉得这个时刻，艾红红的名字更适合她。

艾红红照顾老太太两个多月后，老太太挺过来了。出院前老太太的儿子梁先生找艾红红问她平时打不打麻将。艾红红说不会，梁先生说那很好，赶紧问她能不能做住家保姆。他跟艾红红解释，老太太这次就是因为上个保姆跟老乡打牌不回家，老人自己去洗澡摔倒才瘫痪，大小便失禁，所以他再给老太太请住家保姆得先问清楚。艾红红表示理解。梁先生强调，工资好说，就以她在医院做护工能拿到的工资给。医院护工的工资比保姆的工资高，艾红红很愿意，在老太太出院时跟梁先生一起回了家里。本来医院离黄埔一号很近，这一搬走，艾红红心里不舍的还是姐姐，她想，她以后要想再看见姐姐就更难了。她已经好久好久没有见到 Kathy 了，她都不想去计算到底是多长时间。姐姐用了新的手表电话估计做了设置，她打不进去，姐姐也不能打电话过来。

艾红红回了梁先生家就开始打扫卫生，一直到天黑，卫生还没有搞完。梁先生叫她不用赶一时，有些地方住下来慢慢再打扫。梁先生告诉艾红红也不用太洁净，一个家庭长久过日子，一尘不染不太现实，差不多就行了。艾红红这才恍然大悟，保姆的工作的确不是这么干的。

梁先生六十多岁，个儿高，儒雅，有些山东口音。岭南的秋天本来就热，时下深秋，他才在短袖外面加个牛仔背心，推老太太出门散步，却要给老太太穿上开襟毛衣。毛衣是黄色的，里面配紫和粉红的丝巾，丝巾系好花后夹上丝巾扣。翡翠绿的丝巾扣，色泽明亮又温和。他还帮老太太打扮，一会儿用卷发器把头发卷成大卷，一会儿描眉画眼，最后还给老太太配了一款玫红的口红。梁先生见艾红红停下手中的活看他们，冲艾红红笑，说，老太太最爱这个颜色，看，搭配得还行吧！他不是问艾红红，而是自我肯定。老太太笑，大概知道自己很美。老太太九十多岁了，这次瘫痪造成大小便失禁后也没愁眉苦脸，还是见人就笑。梁先生每天至少两次带老太太散步，固定时间是上午九点、傍晚五点。他不让艾红红陪老太睡，而是把卧室里的茶桌移出来，搬了一张单人床进去，自己陪，睡觉前给老太太读书。散文、英文诗、小说都读，老太太有时能接一句什么，两个人便相互望着，温情脉脉，像台上两个表演艺术家深情对望，望着望着两个人就笑了。艾红红看着，回到现实觉得他们像一对情侣，又像一对母子，只是梁先生像母亲，老太太像儿子。开始是艾红红帮老太太换纸尿裤、洗澡，后来梁先生也试着帮老太太换，老太太穿着空心棉的上衣，下身赤裸着，从腹部到脚，到处都是白白净净的、皱皱巴巴的，像洗衣机绞过还未抻开的白麻布。艾红红给老太太洗过澡，梁先生把她抱到垫了棉纱布的床上，给老太太涂润肤露，从脸开始，到脖子、腋下、前胸、干瘪的乳房、后背、腹部、胯、臀、大腿内外，都一一涂到，能看见一双手像抚平被微风吹皱的丝绸一样，手过之处，一片细嫩光滑。这一切都让艾红红想起一个母亲照顾婴儿的情景，她自然地想起姐姐、Kathy，当想到双胞胎的时候，她拒绝想下去了，她没有这样抚触过他们。后来梁先生也参与给老太太洗澡。艾红红在布置卧室，听到梁先生吹起口哨，哼着轻快的歌曲，以为他要出来让她换手了，可等艾红红过去，梁先生已经用大浴巾裹好了老太太，把她抱了出来，还对艾红红说："我小时候，妈妈就是这样抱我的。"

十月，一场台风到来，天凉了。艾红红赶到之前做护工的医院，看见姐姐在护士站缩成一团抽泣。艾红红把她抱到一个角落，直到姐姐不哭了，喝了热水，艾红红才听姐姐说 Kathy 没有了。

"姐姐,什么是没有了?你跟妈咪好好说。"

"就是没有了,没有了。"

"怎么没有的?什么是没有了?妈妈可能耳朵不好,姐姐你说清楚!"艾红红叫姐姐站好,盯着姐姐看,想从孩子的语言之外读到"没有"的真相。

"没有了就是死了。"姐姐满脸惊恐地说。

雨很大,艾红红抱着姐姐在医院门口一起抖动不止。艾红红无声地痛着,随着姐姐的话音好像看见一个穿着黑色衣服的小天使在雨里盘旋,她要看清楚小天使的模样,抬着头不断地上仰。她感觉到她的脖子在生长,可以一直生长到医院白色的天花板上。

艾红红提着一个简易的包,在离开黄埔一号后第一次回去,她牵着姐姐的手坐在客厅里。她不坐客厅的大沙发上,她坐在楼梯旁的小茶几前,没有人理会她,姐姐也离开了。姐姐从楼上下来想让艾红红到她的书房去,因为没有人来理会她们,艾红红随姐姐上了楼。俊明不在卧室,套间的门敞着,能一眼见到卧室里的床和衣柜。

艾红红在姐姐的房间过了一夜,第二天想带姐姐去香港看 Kathy 出殡,奶奶没去,对艾红红视而不见,艾红红跪在她面前,她绕道走了,没有告诉艾红红 Kathy 在什么地方。姐姐也不知道。艾红红带着姐姐经福田口岸过关,到了香港地界坐了坐,哭了一场,买了两块 Kathy 爱吃的芝士蛋糕跟姐姐一人一块吃起来。吃完又买两块。吃完又买两块。姐姐说她吃不下去了,艾红红看看芝士蛋糕,把姐姐的这一块也吃了下去。吃完又去买了两块,直到她想吐,发现嗓子眼里都是芝士蛋糕。艾红红不想把 Kathy 喜欢吃的芝士蛋糕吐出来,挺着身子仰着脖子走路。她不熟悉香港,姐姐在香港没坐过公共交通工具,她说的几个地名艾红红也查不到,艾红红无处可去,只好又带着姐姐回到深圳。艾红红没有把姐姐送回学校,而是带走了姐姐,把姐姐带到梁先生家。

姐姐穿的是校服,没有替换的衣服,艾红红就等姐姐睡了把衣服洗好烘干,又用梁先生家的挂烫机把姐姐的校服烫平。艾红红想像以前一样让姐姐穿上洁净平整的校服去学校。

第二天,姐姐在艾红红醒来后就醒了,艾红红忙着做早餐,给姐姐找了牙刷和毛巾让她自己洗漱。姐姐洗漱好坐在餐桌前等早餐,她看着艾红红忙活,可能怕来不及了,又离开了餐桌,背起书包出了门。

姐姐打车去了学校,她是在出租车上借司机的手机给艾红红打的电话。艾红红慌着告诉梁先生她要出门,然后赶紧在路边打了一辆出租车去姐姐的学校,路上,她不知道前面哪辆车里坐着姐姐,一直流着眼泪。她想到 Kathy 不在了,想着是不是她离开才导致这一切的发生,她懊恼地用手掐自己的肉。还好,她在班级见到了姐姐,在窗口跟姐姐挥了挥手一颗心才算放下。回来的路上她想了很多问题,能不能把姐姐带在身边?姐姐能不能换个学校?公立的还是私立的?公立的怎么进去?私立的要多少钱?她做保姆的工资够不够养育姐姐?姐姐读小学的手续是她一手办的,她知道公立学校需要的手续,她想,原来离开那个家失去了荣华富贵还不是她人生最痛苦，原来她人生的痛苦刚刚开始。

艾红红还是去找了俊明，去他公司附近等他来见她。俊明终是没来。来人交给艾红红一份刚刚复印出来的病情报告，纸张还带着从复印机吐出来时的温热。报告很厚，包括Kathy所在幼儿园生活老师和园医的口述，艾红红找了个地方坐下一页一页翻看。

她很快翻到生活老师的口述记录：

上午上课期间孩子没有哪里有异常。用过茶歇点心，Kathy没有跟班级同学一起参加室外的活动，自己坐在一处。非班级教员经过，询问Kathy是不是不舒服，Kathy摇头，非班级教员未进一步确认Kathy的身体状况。

班级集体室外活动结束，Kathy跟大家一起返回教室。她比大多数孩子大一岁，但人很瘦小，喜安静，自己在画画，说要送给姐姐。

午餐吃得不多，饭后吃了自己带的巧克力豆。她的饭量一直很小，喜欢甜食。

午睡正常，叫醒时有些迷糊。下床后去小便，站在便池边不动，尿了裤子。教员觉出Kathy反常，没给换衣服直接抱去园医务室。

园医接手Kathy时，Kathy已嘴唇发紫，手臂开始僵硬。园医立即做应急处理，给Kathy嘴里塞上棉棒防止咬伤舌头。这时Kathy开始口吐白色污秽液体，医生帮Kathy侧身。有教员听到救护车的声音。从便池边发现异常到救护车到,其间约 7 分钟时间。

以下是救护车救护及离开时间。

……

接下来是医院的各种报告。艾红红已头晕恶心,意识模糊,看不懂报告。她只看到几个词在她的眼前跳跃:青紫、僵硬、呕吐、窒息、强行……

她试着把那几个词在自己身上重演一遍……直到演不动了,她才拖着沉重的脚步移到一个墙角,抱着报告单昏迷了过去。她梦见整个世界都没有氧气,自己在窒息前挣扎。她看见自己像扒开玉米穗一样扒开自己的胸口想要呼吸上氧气,但一层一层,怎么也扒不到底。那扒开的像玉米穗的裹衣是白色的,没有血流。

艾红红哭出声来,努力厘清幻影和现实,但发现分不清,它们是一回事,幻影也是现实的一部分。她错了,后悔了,想请俊明原谅她,让她回去,让她留在姐姐身边,她想就是做姐姐的保姆都行。她已失去 Kathy,不能再失去姐姐。想着,艾红红动身往黄埔一号的方向去。但她没有了门禁卡,被取消了指纹,她身上没有一样东西能证明她有资格进入小区。她又想到车库入口去等俊明的车,因为小区专道做了隔离墙,她若想进入车辆入口就要翻过隔离墙。艾红红知道她翻不过去,甚至还不等她翻过二米八高的隔离墙,只需靠近就有可能触碰报警系统。艾红红找到姐姐的学校想见姐姐时,见姐姐穿着粉红色的舞蹈练功裙被一辆车接走，艾红红想：姐姐要去跳芭蕾舞了。

春天，老太太走的那天，傍晚梁先生带她散步回来，怀里抱着一大抱木棉花，大朵大朵的黄色木棉。老太太高兴坏了，一直笑一直笑，回到家让梁先生用个玻璃盘子摆了满满一盘。这天，梁先生如往常给老太太洗澡、唱歌、垫纸尿裤、穿衣，给她朗诵一篇小说的段落。老太太听完后张嘴让儿子给她取下假牙，漱了口，才熄灯睡下。老太太安详地走了。梁先生没叫艾红红，而是自己握着老太太的手陪着老太太一直到天亮，然后给老太太擦身子，梳头，换干净的衣裳。这一切都弄利落，梁先生才叫120，去医院做死亡诊断，并送去殡仪馆。之后的一个月，梁先生长久地坐在老太太的房间，不让艾红红打扰，艾红红除了继续做好梁先生家的清洁工作，还出去找了一份临时工。五七过后，梁先生把老太太的骨灰送去一家寺院，自己回了新西兰。

艾红红想着出去找一份全职的工作，利用休息日回来维护梁先生的房子就好。

专门服侍老人的保姆工作不好找。正逢暑假，孩子们都返回老家去了，住家保姆的工作也不好找。艾红红一时空闲下来，她想过离开这个城市，但去哪里她还没有想好。但她肯定是要离开的，觉得不妨先做着准备。可她能准备什么呢？她要离开，离开这个不属于她的城市需要准备什么呢？离开了就不会再回来了，那些与这个城市有关的事物就不需要再保留了,对,她要清理掉这一部分。于是艾红红有了目标,她要销掉银行卡,销掉借书证,甚至,她应该去销掉以前的各种VIP卡。想想,VIP卡也许不必去销掉,那只是一种打折卡,里面没有余额。但也不是有没有余额的问题吧?她问自己。那是什么呢?她又问自己。

艾红红又去医院做了临时护工,这是她走投无路时找到的第一份工作,此刻她没有目标了,自然又想起那里。直到九月初家政公司才找到她问她要不要做住家保姆,这样艾红红才到了雇主马小姐家。

马小姐家人口并不复杂,一共四口人:马小姐和先生及他们三岁的儿子俊俊,还有俊俊的爷爷。试工时马小姐问艾红红带过小孩子吗,艾红红如实回答还没有做过带孩子的住家保姆。但艾红红跟马小姐说她有两个孩子在老家,小儿子正是俊俊的年纪,所以她能带好孩子。马小姐觉得艾红红很亲切,人又干净,就让她试工三天。这三天马小姐见艾红红对俊俊耐心,而俊俊也喜欢她,就留下了艾红红。

周一俊俊要穿礼服,还要系小领结。俊俊喜欢系小领结,像个女生一样还要在马小姐的穿衣镜前照一照。艾红红在一旁等着俊俊,夸俊俊真好看。马小姐笑,跟艾红红说:"你别夸他好看,一个小男生爱照镜子不是什么好事。"

艾红红说:"小姐,没关系的,小孩子。"

马小姐就不接下去了。艾红红比马小姐大一岁,跟马小姐算是同龄人，但马小姐没表示出愿意跟艾红红聊天的意思，说话顶多两个来回话题就在马小姐那里结束了。

　　俊俊跑去找爷爷，艾红红把俊俊在幼儿园要替换的衣服折好装进俊俊的书包，去爷爷门口叫俊俊去幼儿园。俊俊很爱他的幼儿园，每天都是高高兴兴地去。当然，艾红红不知道俊俊刚上幼儿园时的情况，是不是也像大多数孩子一样哭天喊地。她的Kathy还好，姐姐刚上幼儿园的时候那是痛苦极了，每天都要哭一场。也许是Kathy见惯了姐姐去幼儿园，以为小孩子上幼儿园是天经地义的事，她对上幼儿园一点抵触也没有。

　　干吗要想起这个呢？说好要忘了。

　　兴许是俊俊这样的年龄让艾红红更容易触景生情，心里还是起了离开这个城市的念头。于是她想趁休息的时间要把几家银行户头销掉。

　　办完一家销户，已近中午，艾红红就近找了一家快餐店用餐。

　　一楼位满了，艾红红在收银台前犹豫着点餐还是离开，收银员头都没抬，说："二楼有位。"

　　收银台边上就是楼梯，木质的，狭窄，陡峭。靠墙边上放着的饮料纸箱顺着台阶摆着，都是打开过的，开口的形状不一，有开一边的，有全开的，胡乱地支棱着。有一个箱子开口的形状跟其他纸箱不一样，只是个洞，大小仅够手伸进去摸出一瓶饮料。艾红红看着这个箱子为它紧张得很，有走上去帮它全部打开的冲动。艾红红点了餐，及第汤河粉。可能她还想再要点什么，抬眼看收银员背后的图片，看到满满当当的一碗卤猪手，每一块都是肥圆的样子，汪着油，艾红红心里陡然生厌，扫了收款二维码上了楼。她经过那个只开了一个洞的纸箱时，忍着不去看它，直接去二楼找座位了。

二楼有个窗子。

艾红红在窗子前的位置站定，把背包放在邻座，看向窗子。四个座位的餐桌，艾红红占一个，背包占一个，对面两个空着。窗子的位置有点高，从天花板上直接开下来，约60厘米的高度，宽度应该是高度的两倍以上。下面是个台子，贴了白瓷砖，光溜明净，艾红红看着，觉得那台子给人放背包、文件袋什么的很合适。她不由自主地走过去想把背包放上面，于是看到了窗户外面的施工地。前几天下过大雨，雨水积成了几个水坑，虽是岭南常见的红砂土泥坑，艾红红看了心里还是呕了一下，觉得泛红的泥浆卡了喉咙。她想，这是怎么啦？是恐高吗？施工地面上有围墙，上面贴着"节约粮食"和"讲文明　树新风"的宣传画。围墙里面坑挖得很大很深，像要建一个地铁站一样。那几个水坑有大有小，细看表面一层水质澄清，映着乌云和灰暗的天空。艾红红坐了下来，没有把包放到平台上去。平台比桌子高些，艾红红的视线经过平台往窗外看，这样的视线看到的都是树木的上半段，眼前一片绿，心里也觉得舒服多了。再看那些绿，近的是岭南常见的龙眼，远的是假槟榔，大叶子间夹着的是小叶榕伸过来的细碎叶片，艾红红想，旁边应该还有一棵小叶榕。

窗户的两扇推拉窗紧闭着，锁槽在右边，锁条是按下去的，艾红红看到这意识到什么便把目光移开了。包窗子的材料是钢化玻璃，应该是底面涂了金粉，就显得那钢化玻璃是金色的了，金光闪闪。包窗玻璃朝下的一面映着一楼商铺前的影像，保安、行人、一辆共享单车，都是倒影。行人的脚紧贴着钢化玻璃，共享单车的轮子也贴着钢化玻璃，因为路窄，缓慢经过的人显得小心翼翼。艾红红看到这儿，一时又觉得有失重感。但还好，多看了一会儿就适应了，觉得人行道上的人不会从窗子上掉下去，掉到那些水坑里去。艾红红想到这儿，又看了看窗户右边的锁槽和锁条，确认锁条是按下去的。

二楼太安静了，一楼的嘈杂声清晰起来。外面下起了小雨，雨在窗户外边，不是从钢化玻璃上往下落，艾红红看着觉得心里舒服多了。但雨滴太小，也有失重的感觉，飘浮在空中像蠕动的尘埃。楼下有黄色的伞经过，也是倒着的。艾红红看到，下意识把右手放到座椅上轻轻转动手掌，像想要探索与另一只手的相遇，然后紧紧握住不要掉下去。然而，她什么也没有握到。她心中一悸，想把右手抽上来，又好像右手无能为力听不了指令，只好让左手帮忙，拉着右手的手腕把整只手臂轻轻地放在桌子上。艾红红看着放上来的右手，叹了口气。

刚传来上楼的声音，服务员就到了，是个壮实的男服务生，只见他单手端上来一个海碗放到艾红红面前。桌子上有个托盘，托盘里有筷笼，筷笼里面有筷子和勺子。筷笼旁有辣椒酱、山西陈醋、镇江米醋、胡椒粉。艾红红抽了筷子和勺子，面对两种醋犹豫了一下，最后选择山西陈醋，又放了胡椒粉，开始吃起来。服务生下楼后，二楼又陷入安静，她谨慎地吃着，不敢弄出动静。

吃到一半，有上楼声响起，艾红红把吃河粉的声音才弄响一些，这样她自己也觉得轻松多了。一个人待在二楼感觉太空了，她总觉得自己在的一角太沉，空间会倾斜。一共六张四人的长方形桌子，一边各三张，新来的人坐在艾红红的背后，跟她背对背，他们之间的一张桌子空着。

新来的人窸窸窣窣一阵，开始讲话。听声音是男的，故作镇定又和气温柔。艾红红吃完了，把碗筷推远些，把桌面擦干净，然后把一袋桂圆拿上来。艾红红很专注地剥着桂圆壳吃着桂圆，把果壳和核放到碗里。

新来的人在讲电话，餐送上来时他说他在餐馆，准备吃饭。送餐的人走了，脚步有些轻，应该是另一个服务员，不是之前给艾红红送餐的那个。

艾红红掏出手机，黑屏时看见自己的脸，于是举起来照了照。她的后面，男的还在讲电话，跟他并排靠墙的椅子上放着一个黑色的背包，台面上还有一个手提包，应该是电脑包。他说："好好好，我这就吃饭，我吃完饭再给你打过去。"显然电话那边还在叮嘱，他又把"好好好，我这就吃饭"的话说了一遍。

艾红红还是不想离开。她又坐了一会儿，找出药和保温杯。她把药摆在一张纸巾上，保温杯开着盖凉着水。时间过了十二点，对面三张桌子一下子坐满了人，每一桌的人都是同事，其中一桌是一楼房地产中介的员工，男女都穿着淡蓝色衬衫、深蓝色裤子。他们吃饭也谈工作，房价疯涨，谈一个业主想毁约，如果毁约这个业主最终是赚还是亏，而他和另一个业务员每人可以拿到多少佣金。一个说："毁约我们也可以拿到佣金，所以管他呢，亏的是他自己。"另一个说："要是他赔了违约金，再卖给下一个客户还能多拿几十万，要是你，你毁不毁约？"一阵沉默。一会儿一人说："看对谁吧，对我们这些打工的来说十万很多了，他们一套房上千万，几十万对他们不算什么，毁约多麻烦，对他们来说时间就是金钱。""难说，你以为都是真有钱的人啊，都是卖了房才有钱，十万也很稀罕。"另一个声音说。"别说，也有真有钱的，怕麻烦真不在乎的。"又一个声音说。

艾红红有意无意地听着，等到她后面的一张桌子也坐了人，她才收拾东西，准备离开。在楼梯口要下楼时，她抬头看一眼最初讲电话的那个人，他早就吃完饭了，但他好像并不想马上离开。他盯着手机看，像要往纸条上抄东西，这一刻又没有抄，整个人走了神。

艾红红坐上一辆公交车往南山桂庙方向，她以前住在那里时办过一张储蓄卡。车走滨海大道，没有红绿灯，有好长的一段路不会停车，这样比较好睡觉。艾红红上车坐好就眯起眼来，背包没有取下来，靠着比塑料的靠背舒适。秋天了，车窗开着，有点热但不会使让人烦躁的空气吹进来。城市的路很平坦，车辆行驶带来的轻微的摇晃让她很快入睡。

车到蛇口，进入总站，她还没有醒来。司机停好车过来看她，先是在她面前站着，看她因为歪向一边脖子上的动脉有动静确定她没事，才把她叫醒。司机说："小姐，到总站了。小姐！"艾红红醒来，眼前由黑变白，由茫然到弄清楚自己身在何处，才说："不好意思，不好意思，我坐过站了。"然后她背起背包下了车，去坐开往桂庙的班车。药劲好像还在，她又眯起眼想小憩一会儿。但她这次没睡着，她想起餐厅里那个打电话的人，听他那一通很长的电话聊天，艾红红知道他在跟已经分手又依依不舍的女朋友打电话。分手女友可能在准备婚期，要拍婚纱照，要搬家什么的，他说："好好过日子啊，你快乐我就快乐，你幸福我就幸福。"好像一部烂电视剧里的台词。

艾红红沉浸在思绪里，不小心又坐过站了，下一站就是红树林海滨公园了。她打了个激灵，突然生出想再去那里看看的愿望，也算作告别。车由西往东去，她坐在右手边，快到红树林海滨公园站的一段路上，她已经看见了对面的楼房，那是香港的元朗区，跟她一起进公司的一个女孩张小艺嫁去了那里。张小艺也曾从元朗回来这里看望她，但是仅有一次，后来再也没有回来。艾红红的心里一阵抽搐，她下车，却不想往海边走，不光因为海的对面有张小艺，还因为关于这片海的记忆里有耻辱。

艾红红穿过地下隧道去对面返回桂庙，找到十几年前开户的银行。银行里里外外大不一样了，若不是银行所在的大厦没变，她是无论如何也不敢认作是同一家。艾红红确认了所在行名称，取了业务号，正要问大堂副经理申请表格在哪，一个系着丝巾，穿着短裙、白衬衫罩着马夹的女子过来指引艾红红到围成花瓣一样的电子操作台前。三台机器围成的半圆，里面的空间够一个人自由转身，通道有一个盖板，里面的人出入掀起盖板就好。在中间做引导服务的是个男的，艾红红听着引导把身份证插入机器，开始自行操作销户的业务。中间有个摄像头拍照的环节，当操作屏上出现一张人脸时，艾红红没想到是自己，一时惊慌地理了理头发。旁边一台自动操作机前是一位老妇人，眼睛看不清，几次都未能把身份证插到卡槽里去，她叫引导员帮忙。引导员拒绝了，又显得很有职业素养而耐心地说："您慢慢来，不着急的，为了安全，上面规定这些都要客人自行操作，我们不能帮忙。"老妇人不满地叹了口气，无可奈何地从布包里摸出一个眼镜盒子，打开戴上老花镜又开始操作。

艾红红办完销户，并没有急着走，她想把胸口提着的一口气吐出来。她在等待区的沙发上坐下来，装着找个东西，她想看看这一切的变化。这哪里还是以前的银行啊，以前的银行休息等待区是冷冰冰、硬邦邦的连排的铁椅子，现在是柔软丝滑的绒布沙发。以前动不动就要填表格，现在只要插入一张二代身份证并根据提示操作就行了。机器操作设计很人性化，操作台很高端，提示音很温柔。以前银行高高在上的柜员不见了，替代柜台的是一个一个隔间的大客户接待室。这哪里还是银行，这更像是私密会所，与人秘密约会的地方。

艾红红把这一切看在眼里，牢牢地记下了这新鲜的一切才走出银行。

下一站去哪里她还没有想好，或者就在附近走走，就是走走，重温也好，告别也好，就好像新到一个地方生活那样。

傍晚的时候艾红红去了莲花山公园，记得这里有一座清朝的坟墓，墓主人是个女的，应该还是有点身份的夫人。

她就像曾经带孩子逛公园一样，到处走走看看，坐一坐又走一走。

五点不到，艾红红从莲花山出来，她想吃点东西就直接回去。中途遇到一个文具店，艾红红进去买了几样东西，然后又走到上午吃饭的地方。还是不想吃油腻的东西，就又叫了及第汤河粉。还没到吃饭的点，一楼没有坐满，但艾红红还是上了二楼。她看了看二楼，选择坐在上午那个打电话的人坐的位置，背对着窗户。她就是体验一下。一会儿她又坐回窗子前的位置上。她想，如果那个打电话的人上来时整个二楼没有人，他是不是也会选择这个位置呢？艾红红从包里拿出一个电话手表，是 Kathy 的，是上次回去她偷偷带出来的，后来她一直给这个电话手表充电充值，保持电量满格，保持费用够用。充满一次电不打电话，一般可以用五天。她的一部手机上还装着这个手表的 App，她拿出手机来看电话手表的定位，位置指向她现在的地方。艾红红打开设置，取消之前的作息时间设置，确保电话手表随时都可接通。当然，现在这个电话手表只有她一个人可以打进来，不似以前，通讯录里还有 Kathy 爸爸的电话，还有姐姐的电话，还有奶奶的电话。艾红红解掉表带，把表放进一个小塑料盒里，又用双面泡沫胶把塑料盒粘在餐桌的下面。她还特意把塑料盒放在靠近墙的位置，这样不容易被人碰到。很快做完这些，她

二、布偶

端正了坐姿，等待服务员把汤河粉端到她的面前。服务员一走，艾红红又伸手摸了摸餐桌下的手表，测试抠下来和装上去是否方便。一切都很合适、顺手，艾红红才满意地吃起汤河粉。她曾把姐姐的旧手表故意留在家里，但几天之后就收不到手表传来的家里的任何动静。可能是没电了，也可能是没有费用了。

吃完汤河粉，艾红红同样没有马上离开，离晚餐时间还早，不会有人这么早过来。可能因为天阴，室内暗下来，艾红红觉得在这里坐得太久了，想着离开。她刚背上背包起身走到楼梯口，还没下楼，见从收银台过来一个人，还是上午那个打电话的人。艾红红一愣，有留下来的想法。也仅是一愣之间，觉得都走到这里来了，没有留下来的理由，于是下了楼。那个男的见上面下来了人，就站在楼梯口避让。他的耳朵里塞着耳机，黑色的耳机线贴着他的身体向下最后被握在了手里。他抬头看艾红红是无意识的动作，是一种习惯性打量，眼神没有聚焦到艾红红的脸上来。艾红红认出是他，在他低下头等待她走下来时认真地看了看他。有些脱发，脸瘦，身上也瘦，扶着背包带上的一只手骨节凸显。整个人肤色偏白，是那种少户外阳光照射的白色，这让他嘴边的胡楂明显，人也显得忧郁。

艾红红准备回雇主马小姐家，周日的晚餐马小姐他们都在外面吃，她回去后也无事做，洗完澡一觉醒来又将迎来周一的工作。她要很早起来，做早餐，送俊俊去幼儿园，打扫卫生，给一个行动不便的老人煮午餐，然后午休，醒来后陪伴老人，去幼儿园接俊俊放学，煮晚餐，等主人下班回家，给俊俊洗澡，等主人吃完晚饭把俊俊交给主人，她收拾厨房。她到马小姐家虽才两个月，但所有的工作她已经非常娴熟。

艾红红没坐地铁，时间还早，她想坐大巴看一看城市的夜景。艾红红找位置坐下，拿出手机来看 Kathy 手表的定位，位置指向莲花路前巷 3 号的顺记茶餐厅。她翻到微聊页面，上面还有 Kathy 的语音。她不敢打开听，又返到主页面，这时艾红红的右手中指开始颤抖。不，不要接通。但她还是没忍住，迅速给手机接上耳机按下自动接通键。耳朵里一片杂音，拉椅子的声音、说话的声音……听到这些艾红红反而安心了，她关了电话手表 App 页面。

下了车走到幸福里花园小区，经一个侧门过小溪、拱桥、凉亭、健身房、游乐场至百合阁 23 楼，她礼貌地按了门铃才用门禁卡开门。魏先生在客厅看电视，马小姐在卫生间给俊俊洗澡，魏老先生在他自己的卧室灯下看书。艾红红一一跟他们打过招呼，说我回来了，最后返回客厅走去工人房。

工人房在厨房旁边，长度刚好够放一张木制的高低床，上铺堆了两层纸箱，床头放一张写字桌，桌子上方是窗子，桌前一把配套的木椅。床、桌子、椅子木质统一，看上去十分和谐。艾红红拉上桌子上方的百叶窗，又转身去放下门上的一块布帘，因为工人房的门上有个小窗，不拉上布帘，从外面往里看一览无余。艾红红在这个家里做保姆大都很满意，就是这个工人房门上的小窗让她极度不适，总觉得那里有一双眼睛看着她。窗上无玻璃，只有一块布帘，即便拉上,她仍没有安全感,所以她又在这个小窗子上面粘了一个挂钩,上面再挂上几件厚的衣服。但她其实也知道,只需从外面一捅就能把布帘和衣服捅开,可是她又毫无办法,只能按下不安的心接受它的存在。艾红红每天结束一天的工作回到这个房间,都要先适应一下这个小窗子给她带来的焦虑。这天她把布帘拉上又挂上厚衣服后,照例要趴在上面一会儿,像是有信仰的信徒祷告一样,对着它喃喃自语:"我不好,放过我,放过我……"直到说累了,才算祷告结束。

又是平常的一夜,天快亮时,艾红红醒了,她看了看手机,还有一个小时起床煮早餐。她想起什么,又犹豫了下,还是点开了电话手表的 App 看,位置没变,她按了自动接听键,那边很安静。

周一艾红红送俊俊到幼儿园门口,想让他自己进去,俊俊拉着艾红红的手不放,要她送他到教室。艾红红想,俊俊也才三岁多,还不到四岁呢,送送他吧。她知道马小姐送俊俊从来都不送到教室,她也能理解马小姐的心理,做妈妈的,总想孩子早些坚强独立起来。

俊俊主动让校医测量体温,还主动伸出舌头和手给校医看,最后到校医旁边的助理那里给手喷上消毒雾水。手上喷了东西的俊俊就不牵艾红红的手了,自己一蹦一跳地往前走。经过一个长廊,拐了一个弯,上楼梯去了二楼,在拐角处俊俊停下来等艾红红,叫"红红阿姨加油"。艾红红逗俊俊,往上跑起来,嘴里还叫着:"我追上你啦!"俊俊高兴地笑,转身又跑了。送俊俊到教室时,里面只有两个孩子，艾红红把俊俊的书包交给生活老师，然后跟俊俊说再见。俊俊站在那里不高兴，生活老师说："你怎么啦？快跟你的阿姨说再见啊。"俊俊过来拉艾红红的手，说："我会穿彩虹桥了，红红阿姨你看看吗？"艾红红看看生活老师，生活老师说："好吧，就一次，下次不准这样了。"艾红红和俊俊对视一笑，脱了鞋由俊俊拉着手去"工作区"看俊俊穿彩虹桥。彩虹桥由几根铁丝架着，两边有一些彩色的木珠子，不同颜色的木珠子要穿过障碍排成一排，形成彩虹就算完成了。俊俊认真地"工作"着，艾红红也专注地看着。俊俊突然说："红红阿姨你不拍照片吗？"艾红红小声"啊"了一声，马上明白了，忙掏出手机来给俊俊拍照片，像个妈妈一样。

班里的孩子很快到齐了，全班一共二十人，这个年纪的孩子容易伤风感冒，总有几个要请假，所以有十七人就算到齐了。艾红红离开，俊俊高兴地挥手。一个奶奶跟艾红红一起离开，对艾红红说："你们家俊俊真可爱。"艾红红笑，她上次被一个妈妈认作是俊俊的妈妈，她想这个奶奶也可能是认错人了，把她当成俊俊的妈妈了。

艾红红怕跟小区里带孩子的外婆、奶奶在一起，怕她们问很多问题，出了园门，便主动地跟她们分开了。她先是去超市买菜，绕一个弯走小区正门回家。她年轻不怕绕那点路，比起绕路，她更受不了亮明身份后哪个奶奶问她，看你自身条件挺好的，这么年轻怎么做保姆？

艾红红上了楼，把厨房收拾好，衣服洗上，还要陪俊俊爷爷下楼散步。俊俊爷爷走路不便，在家要扶着墙走，要下楼就得坐轮椅，然后在平坦的地方下地扶着轮椅走几步。

她刚来到俊俊家时，俊俊爷爷曾问她："你以前不是做保姆的吧？"爷爷满头白发，说话有些喘，但一双眼睛炯炯有神，仿佛能洞察艾红红心底的秘密。艾红红明白自己的身份，来之前已经为自己找了个很好的答案，她告诉俊俊爷爷她以前在幼儿园做生活老师，照顾很多孩子太累了，工资也不高，交了房租剩不了多少钱了，所以做了住家保姆，自己不用租房，省钱。她还说："做保姆轻松多了，像你们家，人不多，工资也给得高，真是很幸运呢。"爷爷听说艾红红在幼儿园做过生活老师，觉得就对了，艾红红人温柔，懂规矩，照顾人也细心，像个读过书的人。

星期六，俊俊爸爸妈妈休息了，上午在家，吃过午饭要带俊俊和爷爷出去玩，下午艾红红便把家务做仔细，把周日他们需要用到的东西也准备好。周日是艾红红固定的休息日，马小姐定的。但这天晚上回来，俊俊妈妈跟艾红红说这周日他们要带俊俊去一个朋友家做客，想让艾红红在家照顾爷爷，下周给她调休，可以周六周日连休。艾红红能说什么呢？雇主说什么一般很难反驳，还好她也没有什么急事，就答应了。

夜里她想起 Kathy 的电话手表周四就提示进入预留电程序，她打开 App 看了看，显示手表已经关机。她想，下周吧，下周再去看看，但愿手表还在那里，不曾被人发现。

周日。嗯，周日。她的那些假日。两年过去了，有些事情好像很远，好像是梦，好像是别人的事，但一旦有什么与其真切相关，就又近了，又像跟自己有关。她想，是调休让她想起她的那些"假日"，平时正常休息反而想不起那些事情。

夜里俊俊突然哭了起来，艾红红的工人房与马小姐的卧室隔着客厅，客厅的玻璃门也是关着的，但艾红红还是听出是俊俊在哭，而不是离她的房间可能更近的邻居家的孩子。俊俊哭得很伤心，马小姐抱着他到了客厅，把客厅的所有灯都打开了，跟俊俊说："俊俊看，这是我们家客厅，还有你的小鹿，小鹿快来快来跟俊俊玩。"

艾红红刚听到时没开灯，摸索着起床把遮挡门上小窗户的厚衣服和布帘移开，看外面的动静。随着俊俊的哭声越来越响亮，客厅那边的灯亮了起来，艾红红看到亮光，又拉上了布帘。艾红红来俊俊家两个多月，俊俊夜哭的情况很少，有过两次，但一会儿就好了。这么大的孩子平时还好，周六周日跟爸爸妈妈一起玩兴奋了，或遇了什么事，夜里是会在梦里哭闹。俊俊这次哭的时间有些长，马小姐把他抱到客厅好一会儿了还没有哄好。艾红红开了灯，把睡衣脱下穿了胸衣，换了正式些的衣服。因为家政公司培训时说，保姆在雇主家是做服务的，不能像在自己家随随便便，那就当自己家了，雇主即使不说，也会不高兴。艾红红先是敲客厅的玻璃门，马小姐过来开门。艾红红说："小姐，需要我帮忙吗？你要是抱累了给我抱抱吧。"马小姐样子有些疲惫，把俊俊给了艾红红。艾红红一边抱着哄着，一边对马小姐说："俊俊这是做梦了，给他放点他常看的动画片吧,让他听听声音就醒过来了。"

马小姐没有好法子,只好听艾红红的,放了俊俊喜欢的动画片,开头音乐才响一会儿俊俊的哭声就小了,后来睁着眼睛看电视,虽还抽泣,但已经不哭了。艾红红抱着俊俊把客厅灯渐次关掉,等俊俊搂着她的脖子趴到她肩上,她知道俊俊这是又想睡了。马小姐疑惑地看着艾红红,说:"看来你比我懂这孩子。"艾红红一惊,忙说:"我做了好几年生活老师嘛,接触的孩子比较多。俊俊这个年龄的孩子还好些,小班的孩子午睡都哭。"马小姐像是信了,说:"唉,俊俊从小一直是跟着奶奶睡的,奶奶走了我才带俊俊睡。"艾红红不说话了,这是马小姐的家事,她可不想掺和。马小姐家之所以用住家保姆,正是因为婆婆赌气回老家了,要是婆婆想开了又回来了,叫她走她也没话说。

等俊俊睡着了,马小姐接过孩子,对艾红红感激般地一笑,然后说:"你的名字就叫艾红红吗?"艾红红说是。马小姐又说:"以你的条件要叫个洋气点的名字都没人敢用你做保姆。"艾红红吓一跳,忙解释说:"面试时我跟你说过的,我小名就叫红红,上学后加了个姓。"又忙说农村人都这样,叫马小姐别笑话。马小姐也忙解释说:"哪里哪里,红红好听呢,亲切!"

因为艾红红用卫生间要穿过客厅,多少会弄出点动静来,早上艾红红用完卫生间回到工人房马小姐就会起床。这天,艾红红依旧给俊俊备好蒸蛋,把面包从冰箱里拿出来给马小姐备用。她平时的周日也是这样做，怕俊俊醒来会饿，锅里的蛋羹等马小姐醒来拧开火蒸十分钟就好了，然后出锅，淋上几滴鱼露俊俊就可以吃了。

艾红红出了小区，走到小区外围的商业街，才找一家早餐店吃早餐。然后她开始往市区去。时间还是太早，她选择坐大巴，这样到了莲花路前巷3号的顺记茶餐厅应该是九点多。九点多还是早餐时间，还会有人在吃早餐。但艾红红想，她可以在周边转一转，到接近十一点的时候人少了再进去。

十点四十五分，艾红红进了顺记茶餐厅，一楼没有坐满，她去收银台点了沙茶酱排骨面，加了一份卤水豆腐就上了楼。

如艾红红预料，二楼没有人，桌面也已经清理干净。艾红红坐下，照旧把背包放在靠墙的位置，把外套搭在腿上，伸手去摘电话手表。还在。艾红红不慌不忙地找出充电线给电话手表充电。电话手表屏上显示快速充电动图，绿色的光，像一台小火箭发射一样的炫目，让人感觉不用多长时间就能充满。艾红红是知道的，充满还是要半个小时以上。不过没关系，她能磨蹭到那个时候。

艾红红看着面前的玻璃窗，看看右边的铁槽和锁条，又看看窗子下的平台，这一幕幕让她不再像上次一样窘迫，反生了亲切感。佛家有"浮屠不三宿桑下，不欲久生恩爱也"之说，说"不三宿"，或许就是这个意思，在一个地方待一次可以不生情，但第二次就难免动情，而到了第三次可能就难以摆脱了，因为已经对它动了情。动情不是离不开，是生了留恋之情，惦念之情，也就有了牵挂。艾红红并非怕自己牵挂这里，而是发现对这里的情感有了变化，上次

二、布偶

她只是想知道都会有什么人坐在这里，是否会像她一样有那些感受，而现在随着她自身的变化，她又会想他们会不会喜欢上这里，又是否会像她一样有了见到旧识的感动。

艾红红走了神，心里生起感动让她诧异，她不想有过多的回忆，任何回忆。艾红红刻意地要转化这个感觉，故意去想俊俊，想他是不是早起床了，是不是已吃完水蒸蛋。关联着的，她又想起马小姐对她起的各种警惕心，又是提问又是感叹的。马小姐说婆婆走后，俊俊总闹，不依她，不听她的，她搞不定俊俊。但是艾红红才来几天，俊俊就很依她了，听她的，什么事都要红红阿姨做，起床也要红红阿姨给拿衣服。马小姐好几次一大早气得甩手不管俊俊起床的事，也不吃早餐就出了门。马小姐有意无意地总问她各种问题，她是哪里人，什么学历，原来是做什么的。问也没有规律，什么时候想起了就问，让她毫无准备。马小姐曾问她周日休息都去哪里，艾红红答说，在这边有个远房亲戚，她称呼嫂子，她入这一行就是这个嫂子介绍的，她们都是周日休息，所以就聚一块玩一天。马小姐又问，都去玩什么？艾红红说，不一定，她老公是开出租车的，有时就在她家里煮饭，聊聊天。她说的这个"亲戚"身份也并非无中生有，是她在家政公司认识的一个老乡，老乡的老公是开出租车的，只是并非与她有亲，也并不常叫她去家里玩，人家有家有口的，难得一周团聚，她去过一次，意识到什么，后来不好意思再打扰人家。

艾红红很少有连休两天的，这次连休她也没有想到，天黑了一时不知道该去哪里。她知道其他的保姆放假了没地方去会回家政公司去住,但她不太想去那里,人多,几个人挤上下铺,聊八卦,不堪入耳,她想想就心烦了。她去看了一场电影,出来在路边找个地方坐下来,突然想,去那里吧,那栋别墅,她还在继续帮梁先生看着房子的。

许久没来,别墅里积了一层灰尘,艾红红到了二楼,把东西放下,找出清洁用品,开始打扫卫生。二楼有一个带卫生间的套房,一大一小两个独立房间,一个带桌椅的水吧台,一个公用卫生间,一个十平方米以上的露台。艾红红先做小房间的卫生,因为她今晚要住在这里。然后又做了公用卫生间的卫生,剩下的她想明天再做,明天有一整天的时间。

艾红红刚躺上床,不想另一部手机接到一条信息提示:您收到一条语音信息。

艾红红意识到是 Kathy 的电话手表发来的,忙解锁手机看,还不等打开 App,又是一条信息提示:您收到一条语音信息。艾红红看到手机上的时间是二十三点四十七分,定位还是顺记茶餐厅。她意识到有人发现了这个电话手表,并且正拿在手里琢磨它。艾红红很快想好发了一条语音过去,说:我不知道您是谁,您发现了这个电话手表现在正拿着它,我想跟您说的是,我把这个电话手表留在那里并无恶意,如果您想知道原因,我愿意告诉您。所以我希望您能把电话手表放回去,我会找个时间把它取走。艾红红以为是店老板或伙计打扫卫生时发现了它。

二、布偶 | 167

过了一会儿，对方可能琢磨清楚了，发来一条语音：你说说原因。

艾红红想了想，诚实地说：我有一天坐在那里吃饭，看见对面的窗子，看见窗外的树，看到楼下的倒影，还有在施工的那个大坑，心里起过一个念头，但后来我又制止了，我想知道坐在那个地方的人有没有跟我一样的念头。因为手表只能接15秒的语音，艾红红并没有把话说得更加详细。

什么念头？那边又回复。

跳下去。那下面正在挖地，坑很深，还有许多施工机器，跳下去没有生还的可能。但后来发现中间的人行道太宽，从那里跳下去也不可能跳到那个坑里去，只会跳到人行道上，就没有再想下去。

对方沉默了好久。艾红红从App这端看到电话手表更新了状态：手表静止中。艾红红决定第二天就去把电话手表取回来，她不想失去Kathy的这个手表，这个电话手表是她能带走姐姐和Kathy姐妹俩唯一的东西，也是她现在拥有的唯一跟她们姐妹俩有关系的东西，她要呵护好它，她还需要它与她相伴一段时间。

手表没有动静，艾红红只好使用自动接通功能。她说："您是老板吗？您把手表放回去了吗？您提什么条件都行，希望您能把手表还给我，这是我女儿的手表，我现在没有女儿了，只有这一个手表了。"

对方按掉了手机通话。艾红红看App上显示"手表无规则运动"，一会儿又静止了。她想可能是拿着它的人在琢磨它，之后手表关机了。

第二天一早,艾红红没有再打扫别墅的卫生,而是急匆匆地赶到顺记茶餐厅,还是早餐时间,二楼也有人,包括放手表的那个位置。艾红红走过去,坐在背靠窗户的位置,她几次观察对面的人是不是昨晚发现手表的那个人,见那人一直看手机,她有点拿不准。艾红红有些沉不住气,装作东西掉地上了,弯腰下去捡,发现手表不在。等她点的餐端上来时,她对面的那个人就走了,她才确信不是那个人。

手表仍在关机中,艾红红还是发了一条文字信息过去:你要多少钱我给你,请你把手表还给我。仍旧没有回音。艾红红这是糊涂了,她无须这样做的,手表有任何动静她从 App 都可以看到的,手表没开机,对方不可能看到信息了。艾红红吃了一点东西后下楼到收银台,耐心地等收银员稍闲了才问:"你们打扫卫生时看到过一个电话手表吗?紫色的,有些旧了。""电话手表?没有啊!"收银员冷漠地回答艾红红。

"要不您再问问同事有没有捡到?"艾红红讨好地说。

"我们有交接班的,捡到东西会给下一班留言的。"说着收银员找出一个交接本翻给艾红红看。艾红红接着看了,很简单的表格和签名,这一天的备注栏什么也没有。而上一天的备注栏则写了牛腩多少斤和一个电话号码。艾红红又问:"你们晚上几点下班?下班后有人负责打扫卫生吗?"

"八点下班，当班的人打扫卫生。"

"最晚到几点？"

"小姐，我们是茶餐厅，不是大排档，八点是最晚的了。"收银员不耐烦地说。

艾红红想那个人可能不是他们的服务员。艾红红出了门，找个地方坐下后又给电话手表发了一条文字信息：你不是服务员，麻烦你把手表还给我，我不会告诉店家你深夜潜入他们店里。艾红红掂量了话怎么说才能达到目的。

艾红红今天要回到马小姐家去，她还是着急了，怕今天拿不回手表就永远失去这件与她的孩子有关的唯一的信物。艾红红想到这儿伤心了，连带悔恨起所有冒失的行为。她更多的是悔恨失去姐姐和Kathy，至于那个家庭和富足的生活，她想想没什么好悔恨的，想到这儿她又擦干了眼泪。

艾红红在市区盲目地逛着，曾经多么熟悉的街道，上次来还觉得很亲切，此刻却陌生至极。她意识到再失去Kathy的这个电话手表，她就失去了所有。她看着来来往往的车流和人群，怕他们相撞，怕有人倒在血泊中。艾红红觉得这个城市对她来说毫无安全感可言，她太想找一个安全的方寸之地，让自己这具肉体安心地待一会儿，一会儿就好。

恐慌中，艾红红收到一条信息，是Kathy的电话号码，但并不是来自电话手表：

见个面吧，还你电话手表。

什么地点？艾红红立刻回了过去。

中午前会告诉你。

艾红红喜极而泣，她坐在路边的长椅上立刻又觉得这个城市让她有安全感了。

他们没有在餐馆见面，地点约在了附近的莲花山公园里。艾红红熟悉那个地方，对方说的有枯荷的湖边她也有些印象。

艾红红收到信息后赶过去已经接近一点，到了湖边，她走到一个长椅前问："是你吗？"

"是，是我。请坐吧。"

艾红红发现他就是那天在茶餐厅打电话的男人，她小心翼翼地说："我叫艾红红，您怎么称呼？"

"叫我阿明吧。"

艾红红想坐在长椅的另一头，听阿明说话了又没上前坐。他们的面前是湖，水位退下去了，枯荷大半的身子露在水面上，而水下的淤泥几乎能够看见。看来湖不深，艾红红暗暗地喘了口气，坐了过去。

"你说的都是真的？"

"是真的。"艾红红处于高度警惕中，即便她眼前的人不是方俊明，她也很警惕眼前的这个人，她知道阿明在说什么，这个时刻她装不得一点糊涂。

"还有跳下去的想法吗？"

"不太好回答。有时有，有时没有。"

"你能知道我是怎么进那个茶餐厅二楼的吗?"

"肯定不是从一楼进的,一楼收银台和门口都有摄像头。"

"那我是怎么进去二楼的?"

"从二楼窗户进去的。"

"对,是从二楼窗户进去的,我先从里面把窗户右边的锁条撬起来,然后就能从外面打开窗户。"

"你确定二楼没有摄像头吗?"这次是艾红红问阿明。

"没有。二楼没必要装摄像头,收银台上面的摄像头能照到上二楼的楼梯,有人上下都能看得一清二楚。"

"你有什么条件?"

"如果真如你所说,你已经没有孩子了,只有孩子的这个信物,就不需要什么条件,还给你好了。"

艾红红心里一阵感动,眼泪掉了下来。她从侧面看了看阿明,他今天剃了胡子,人比她第一次见他时精神很多。他望着湖面,水面反射的光照得他的脸上、瞳孔上散着亮光。

阿明把手表还给了艾红红。

"谢谢你。"艾红红并没有马上走,依然坐着,"你不会也有什么念头吧?"

"我,起初有,可能还会有,反反复复,不知道再次到来是什么时候。或者是在那里住不下去的时候。"

"你住在茶餐厅的二楼?"艾红红意识到这样问是多余的,又说,"我知道一个地方,你暂时可以住一段时间。"

"是什么地方？"

"我一年前做保姆的地方，老人去世了，唯一的儿子梁先生在新西兰，说是过几年就回来住。在他回来之前我会一直给他的房子做卫生，免得坏了。他说房子要靠人气来养。你可以住一楼，我可以给你别墅的钥匙，但进入小区你得注意点，我只有一张小区的门禁卡，也不能再去物业要，那样物业会去争取梁先生的同意，他就会知道我又办了一张小区的门禁卡。"

阿明将信将疑地看着艾红红。

也许落难的人没有选择的余地，阿明信任了艾红红，他们一起去了梁先生家的别墅。艾红红交代阿明不能碰哪些东西，只能住一楼的一个独立房间和使用公共的卫生间，也可以用厨房，楼上的房间是无论如何也不能使用的。阿明并没有保证什么，只是沉默。从别墅到阿明上班的市区要坐十一站地铁，换乘一次，阿明有的是时间，不怕坐车时间长，觉得这个地方非常好。再说，他很可能突然就不能上班了，没什么好挑拣的。

艾红红在厨房，玻璃门关着，她一扭头，见俊俊爷爷在玻璃门前看着她。一个人的脸上，什么时候都是眼睛最引人注意，俊俊爷爷的眼睛直直地看着她，艾红红心里低叫了一声，想起这只是一个老人，她让自己缓和了一下，开门问俊俊爷爷有事吗。"没事没事！"俊俊爷爷摆着手说，嘴里像含了不易融化的东西。艾红红看着俊俊爷爷缓慢地移动步子向客厅走去。艾红红知道，老年人起床都早。

二、布偶

"这样不挺好吗？自己要回去的怎么还要来！"艾红红往餐桌上摆放早餐，听见马小姐在客卫里说话。卧室有卫生间，她可能在找什么东西。

"妈妈来了，也可以继续用保姆嘛，你怎么这么得理不饶人。"这是俊俊爸爸的声音。俊俊穿着睡衣走了出来，看艾红红摆早餐，艾红红叫俊俊去刷牙。俊俊说："阿姨刷。"艾红红停下来对俊俊说："妈妈会不高兴的。"然后哄着俊俊回去。马小姐他们换好正装前，艾红红不方便进他们的卧室。平时俊俊没起这么早，马小姐他们去吃早餐了，或要走了，俊俊才会起床。早上的时间争分夺秒，每个人的每个环节都是踩着点的，任谁打乱一下，就会影响到其他人。一次俊俊爷爷在客卫上大号，俊俊爸爸生气地在门口踱步，说："爸爸，你不要在这个点用厕所嘛！"

"我觉得这样挺好的。奶奶非要来我也可以接受，但不要她带俊俊，不要过问任何事情。"马小姐吃完饭，换鞋时还在嘟囔。她有自己的车，无须等俊俊爸爸一起走。俊俊爸爸还在喝豆浆，好像喝不完，倒给俊俊爷爷一些。艾红红把俊俊抱到客厅沙发上了，去给他倒温水。马小姐换好鞋起身冲客厅喊了一句："俊俊阿姨，我跟你说过很多次了，不要抱他，让他自己走，你不是说你有孩子吗？你应该知道小孩子从小要自己动手做事。"艾红红听到了，没回话，没法回，马小姐说完就会走，她不是要跟自己对话，她显然还在气头上，她是拿自己撒气，让她把话说完就行了。艾红红给俊俊递温水杯时冲俊俊做了个鬼脸，俊俊会意地笑了。俊俊爸爸回卧室漱口，打领带，出来跟艾红红说："俊俊阿姨，俊俊奶奶可能会来，到时我们还想继续用你。奶奶来了事情不会更多，只会更少，她喜欢做饭，喜欢孙子，你们交换着做事，到时你也可以歇歇。这段时间你辛苦了，什么事都是你做，我们上班早出晚归的，也帮不上忙。"

艾红红在给俊俊冲奶，手里一边忙着一边回俊俊爸爸："不辛苦的，你们家事不多，你们对我太客气了。"艾红红一副老练的态度，净拣东家喜欢听的话说。

艾红红以为俊俊爸爸说的"可能会来"的这个"可能"时间比较长，不承想周四晚上俊俊爸爸下班后就顺便接了奶奶回来。

俊俊奶奶比爷爷小八岁，看着却像年轻了十几岁。俊俊奶奶六十二岁，年轻时在省歌舞团工作，后来被分到国有工厂，还是宣传口，别人都下岗了，她没有，一直在国有企业工作到退休。退休后就跟俊俊爷爷来深圳了，他们现在住的这个大房子的首付有一半是她出的。奶奶走路腰板挺得直直的，目光总是仰视，需要平视的时候，你都能看到她得内收一下下巴，好让眼睛能够平视对方，但其实奶奶的个头并不高，平视了又看不到别人的眼睛。奶奶见孙子画画时坐姿不好，总要拍拍小孙子的背，说小孩子腰要挺直，长大了才能像奶奶一样脊背直直的，又说："看你爸爸英武吧？"俊俊说："英武。"奶奶说："你爸爸小时候一出门，小区里的老奶奶都要夸他'子弟'的。"艾红红听着，有些不理解奶奶的逻辑和语系，只好去忙自己的事情去了，厨房的地还没有拖。

二、布偶

"哎呀，你不要总是用机器烘干用机器消毒，碟子、碗会发黄的。这都是我在景德镇买的瓷器，不是普通的碟子、碗。俊俊阿姨，你别生气，我都是用开水烫，洗好拿开水一过就等于消毒了，还干得快。"艾红红赶紧关了烘干机。她也没用消毒柜，家庭用的东西不至于每次都要消毒，那股味并不好闻。"那我要用开水烫一遍吗？"艾红红问。"不用不用，一次不烫没关系。"俊俊奶奶通情达理地说。

据说艾红红来他们家做保姆之前，周六、周日马小姐和魏先生两个人带俊俊，让奶奶休息。俊俊奶奶精神头和体力都很好，周六、周日不但不需要休息，还要去公园带队跳舞。俊俊奶奶是歌舞团出身，专业性一看便知，本来她退休来深圳后插进了别人的广场舞舞队，后来成了团长。这职务说起来是队友叫着玩的，但她做团长后原来的队长也可以不变，所以她就更应该是团长了。若有邀请演出和比赛，俊俊奶奶负责整队和排练，平时她也不怎么管队里的事，给原来的队长充足的管理自由。俊俊奶奶这番快速回来的理由是她们的舞队要参加一个区里的比赛，老姐妹们没有她不行，所以她对艾红红说："你照常忙你的，我要给她们排练，帮不上家里什么忙的，你就放心在家里做着吧，该怎么做就怎么做，什么事不用问我的意思。"

艾红红小事不问俊俊奶奶，像晚饭这种大事还是要问俊俊奶奶的。因为舞队其他人还是需要回去做晚饭的，俊俊奶奶下午四五点后就基本都在家，既然她在家了，艾红红买什么菜、菜怎么煮还是要听俊俊奶奶的。说到底家里是有主人的。

这周六马小姐突然要值班，一早就出了门，俊俊爸爸带爷爷和俊俊出去玩，艾红红一个人在家。一家人走出门去坐电梯，艾红红想起问晚餐回不回来吃，追了出去。奶奶也正要去跳舞，准备和他们一起出门，这时奶奶说："回来吃回来吃，不能一天都在外面吃，外面的饭菜盐重味精多，对小孩子不好的。"艾红红就知道还是要做晚饭。

艾红红周日休息，本来想要是他们晚餐不回来吃，她今晚就可以走了。马小姐已经早早出门去值班了，她发信息问马小姐，可不可以煮好晚餐就走，说她老乡家明天一早有事。马小姐没有回她，中午回来后才面对面跟艾红红说："你要是弄好晚餐可以先走。"马小姐也是通情达理的人。

艾红红回到梁先生家，她没给阿明发信息，她确实也是想看看阿明在这里的生活状态。

阿明好像一天哪也没去，在一楼自己住的小房间里待着。艾红红看了看一楼的套房，也未动过，倒是客厅像是干净些了，也不是太干净，能看出脚印，还能看出一个人曾在这里来来回回地走动。

艾红红问阿明："你吃晚饭了吗？"

"没有。"

"我买了吃的，一起吃点吧。"

阿明抬眼看着艾红红，像看着一个毫不相干的人。艾红红心里担忧，这个人精神没有失常吧？艾红红想到这儿，更想跟这个人接触一下了，她总不能让一个有问题的人住在这里，若是出了什么状况，她如何向梁先生交代呢？

阿明犹豫了一下，先是站着没动，然后两手在垂着的地方搓了搓。

艾红红又说："一起吃吧，想着你可能没吃，多买了点。"

阿明听到这儿，才转身去厨房，一会儿拿来两副碗筷。

艾红红打包了两个凉拌菜，几块蒸糕，还有一个红焖鸡爪。艾红红去放包回来见阿明摆好了碗筷老实地坐着等她，想叫他再拿几个盘子来放菜，又没叫。艾红红自己走去厨房。

阿明使用过厨房，但没有大动，原来放着的东西都还在原处，只有新添的几样佐料按瓶子的高矮整齐地排了两排。两个干净的盘子在方巾上放着，方巾崭新，四角拉得很直，盘子也放得不偏不斜。另有一块方巾搭在水池边沿上，也是把四角拉得直直的，看上去沉着又稳重。艾红红打消了阿明可能精神失常的念头，过去客厅跟阿明一起吃饭。

马小姐开始频繁加班，有时也喝醉酒回家。有一次马小姐给艾红红打电话："你来接我一下吧，我直冒冷汗，觉得喘不过气来。"艾红红赶到时，马小姐还在一家KTV楼下的停车场里。马小姐一身酒气，像是吐过，她在驾驶位上睡着了。马小姐睡着前大概也是清醒的，车钥匙拔了出来握在手里，车窗锁着，但窗子半落着，能透空气。艾红红想过弃车扶马小姐打车回去，但马小姐如烂泥一般扶不起来。大概是因为夜深，艾红红觉得两个女性这样并不安全。艾红红费力地把马小姐扶到后座让她躺着，给她系上安全带，摸索着开车把马小姐送到了医院。马小姐面色乌青，挂了点滴。早上马小姐醒来后回家休养。马小姐躺到自己的床上后有气无力地说："你会开车啊？"

艾红红脸一臊，知道马小姐对她一直是起疑的，只好承认自己会开车。马小姐让艾红红把驾驶证给她看看，艾红红见马小姐有气无力的样子没有半点攻击性，便说出来做保姆用不着，放老家了。马小姐喝了米汤又昏昏沉沉地睡下。艾红红不知道马小姐是不是调查了她，想着大不了如实告诉马小姐她的情况，都是女人，也都是人妻人媳，说不定马小姐心一热能帮她找份工作呢。但是艾红红想错了，马小姐恢复过来后查了她住的工人房，驾驶证没查到，查到她有一部 iPhone4，而马小姐知道艾红红在用的是一部中兴手机。马小姐不由分说，随便找了个理由炒了艾红红，补助了她一个月工资。艾红红想解释那部手机的事，马小姐却不想听，告诉艾红红拥有什么是她自己的事，她无权干涉，她也不想知道那部手机是从哪来的。她只讲现在俊俊奶奶回来了也不打算再回老家了，那家里就不用保姆了，节约些开支给俊俊上兴趣班。艾红红知道这些话是马小姐找的理由，一时懊恼自己做事不周全，也怪自己心软，不顾及自己的身份冒险开车送马小姐去医院。她觉得当时打120更合适，那样也不会让马小姐起疑。总之，艾红红觉得自己还是头脑过于简单，考虑事情一厢情愿。

艾红红是在俊俊奶奶去送俊俊上学后，在马小姐的眼前收拾好东西离开的,马小姐并没有当面给她结工资和补偿。都知道规矩,涉及钱和纠纷要通过家政公司解决,彼此留了颜面也落得清净。马小姐说:"你叫艾红红,我却一直叫你俊俊阿姨,你能感觉到我是一直把你当自家人对待的吧?艾红红,我之前就夸过你,你的条件很好,再有个洋气点的名字没人敢用你。你知道我指什么,咱俩相处得不错,我就提示一下你,你明明有二代身份证,却一直用旧版的身份证,这个是说不过去的,你以后留意点。"又说,"我们家之前请钟点工都不太讲究,看见你,想着终于遇到讲究的人了呢,但我们没有这福气,孩子奶奶这么快就回来了,这是我们的原因。我还得上班就不多说了,你待俊俊这么好,我也不向家政公司投诉你什么,就按合同办,辞退你,赔你一个月工资,咱们好聚好散。就是呢,你什么时候再遇着俊俊了,俊俊还是会叫你阿姨,你还是俊俊的好阿姨。"马小姐也没装得多亲切,也没虚情假意说一堆好话,她只是不失礼貌地说了这一番话,柔中带刚。但说到这儿,显然话还是未完,却是生生地把什么话咽下去了。艾红红提着包,说感谢马小姐。艾红红看马小姐盯着她看,知道马小姐是想让她先把话挑透,便仰面朝马小姐一看,说:"马小姐你放心,我也是有孩子的人,我对孩子没有二心,以前没有,以后也不会有。"马小姐听艾红红这么一说,噗一声笑了,说:"看你说哪儿去了,俊俊是咱们的孩子。"承认也好,否认也罢,马小姐到底什么意思既未表明,又态度鲜明,反正艾红红觉得马小姐这些话是有水平的,什么都包括进去了。艾红红知道自己在马小姐面前败露,也不好再多言,只是想若从这家离开，她是否还有勇气找新的工作，她对自己并没有把握。艾红红曾想过的，姐姐大了，有了自己的小世界，自己终有一天会离开这个城市，却不想这个时间可能因为被马小姐辞退要比她预想的来得更早。但离开这个城市她能去哪里呢？她也不知道。

艾红红回到梁先生家里，她泄气了，一点精神头也拾不起。她见阿明也正常上下班，想知道他的打算。阿明从地铁口带了晚餐回来，等阿明吃了，艾红红跟他在客厅聊天。一场台风刚过，余劲还在，一阵一阵的风在窗外随时能拾起呼啸的劲头。

阿明本名叫郑明富，江苏泰州人，1987年生，读书晚，2011年才本科毕业。在网上认识的女友是湖州人，跟阿明同岁，比阿明早两年毕业。说起来，阿明来深圳还是因为女友在这边工作。阿明随女友住在下沙，因他们住的那片区改造成创业园，后来搬到大冲，最后大冲村改造，他们又一起去了民治。两个人工作还好，女友在贸易公司做事，业余兼职开了海外代购网店。阿明是做网络技术维护的，女友的网店是他一手建起来的，平时也一起打理。2015年女友被家人叫回，说是帮亲戚打理公司，于是到杭州工作。女友先回去了，本来想把阿明也叫去公司一起干，公司本来也是需要一名网络技术人员，但亲戚老板没同意，说是另外物色了人。2015年底阿明辞去深圳的工作回家过年，是想着过了年在杭州找份工作，他们做网络技术的在哪都不愁找工作。阿明去杭州工作了，慢慢才知道女友家人所说的亲戚是个幌子，老板是亲戚给她介绍的对象。女友起初还跟阿明见面,慢慢老板对她的工作能力很满意,明确了跟她的关系,阿明跟女友就以普通朋友相处。明确后,虽还是都在一座城市,但谁也没有再约谁见面。阿明不知道女友的 QQ 和微信对他的称呼变了没有,他对女友的称呼还是"老婆大人"。"老婆大人"是个能干的女人,阿明知道。他们偶尔聊聊工作问题,叫"老婆大人"的头像就会跳动起来。"老婆大人"他们决定结婚了,十一去拍了婚纱照,结婚旅行跟工作二合一,去完北美洲还要再去南美洲走一遍。阿明在他们拍婚纱照前离开杭州,回到了深圳。2017 年的 9 月,深圳市区内已很难租到城中村的房子,阿明一个月 5000 多元的工资,要想不跟人合租,像以前哪怕城中村"握手楼"里那样带独立卫生间带厨房的房间都很难租到了。若是去租公寓连吃饭钱都要没有了。阿明只有一个背包、一个电脑包,那时深圳还是夏天的温度,他不急着去远的地方租房,他要在深圳市区里待一待,这次若是再从深圳离开,可能再也不会回来了,阿明想。

　　阿明看好顺记茶餐厅的二楼后,第一周就发现了艾红红放置在餐桌下的手表,那时手表已进入预留电量,微聊不能用,好像就是一个只能打电话的手表。后来艾红红去充了电,阿明把手表拿在手里琢磨,触发了语音,然后就有了他们之前的对话。

　　"你没想过要离开那里吗?"艾红红问。

　　想过的,但想到应该不是店家放的,不然那里早就住不下去了。但又想,抓到了也好,正好不知道接下来要去哪里。艾红红看着阿明说话,觉得他是由衷地这么想的。从杭州回到深圳,他所到之处不过就是为了告别,深深地告别。阿明难得开了个玩笑,说:"还不知道被人抓是什么体验,也想体验一下。"

"你接下来怎么打算?"

"没有,没有打算。"

"怎么会没有打算?"艾红红说着往身体里吸口气,她不是问阿明,她就是在陈述一句话。

"想死了算了,算有打算吗?走到哪是哪,算有打算吗?"

艾红红不置可否,沉默着。

阿明看了一眼艾红红。

气氛既尴尬又默契。

艾红红低头一笑,想起一些毫不相干的事情来。她想起小时候爷爷、奶奶给一个亲戚送葬去了,家里只剩下她和弟弟,天黑时起了大风,她抱着弟弟,两个人缩在桌子底下。弟弟是很想走亲戚的,可爷爷说他还小,还不能见死人,就把他留在家里。他们都不敢睡回自己的床上,就那么抱着。后来艾红红想起来两个人很冷,去抱了两床被子披着。有了被子也没有躺下来睡,他们还是原来的姿势缩在桌子底下,直到第二天天亮了,熟悉的世界又回来了,好像夜里没有刮过大风一样,艾红红把弟弟叫醒,两个人如常去上学了。

阿明是家里唯一的孩子,没有兄弟姐妹,跟着奶奶长大。阿明奶奶同时还带着大伯家的一个女孩,叔叔家的一男一女。阿明叫大伯家的女孩姐姐。姐姐喜欢掐他,掐他身上奶奶看不见的地方,姐姐掐完他能笑两个小时,一直笑一直笑,吃晚饭时笑,上床睡觉了还笑。有时夜里,阿明也能听见姐姐笑。等阿明长大些,个子比姐姐高了,姐姐就不敢掐他了,姐姐开始巴结他,叫他为她保守很多秘密。说来,姐姐也是大他不到一岁的姐姐,但奶奶说,大一天甚至大一个时辰都是姐姐。叔叔家的两个孩子比阿明小,是爷爷奶奶的重点看管对象。有一次阿明说:"奶奶,你对奔奔和妞妞好,对我不好。"奶奶说:"你这么小时我也对你好,你长大了就把小时候忘了。"阿明不明白奶奶这话,不记得他更小时候的事情,但从那次之后便不指望奶奶对他好了。

艾红红跟阿明这么聊起童年,发现不管是她还是阿明,他们的童年记忆里都没有父母,父母都进城打工去了,他们都是留守儿童,跟父母的关系就是钱的关系。阿明同意艾红红的说法,"就是钱的关系"。他又补充似的说:"以前是我找他们要钱,后来是他们找我要钱。"

话聊到这儿,有了可以更进一步信任的可能,艾红红想知道阿明这么年纪轻轻的怎么这么绝望。阿明没回答艾红红的话。艾红红再追问,阿明伸出一个手指头,说:"它不会动了,然后就是这整只手不会动,整个人不会动。"

"为什么会这样?"

"渐冻人你听说过吗?"

"没有。"

"企鹅病呢?"

"有点印象,好像新闻里说过。"

"差不多一回事。"

"啊！"艾红红叹了口气，又望了望阿明，觉得眼前的人很正常，一点儿也看不出有什么问题。

阿明大约明白艾红红看他是因为心有疑问，便说："现在外人看不出来，但我知道它已经严重影响了我的工作。我是用十个指头工作的人，一个不会动就会影响整个速度。"

"有个科学家，霍金，是他那样的病吗？"

"是。"阿明又说，"他算好的，有强大的医学团队为他服务，所以他才能活那么长的时间。普通人病了就病了，这个病没得治，是绝症。"

"这个病是遗传的吧？你应该早就知道，应该早就做好人生打算了吧？"

"没有，手指麻木时去检查才知道。之前一直不想跟女朋友分手，接受不了。查出这个病，我就放手了，然后就又来到深圳。"

"女朋友知道吗？"

"没必要让她知道。"

"彻底不为自己打算了？"

"还能怎么打算？就这样了，过一天算一天。"

"到你不能动还有多长时间？"

"不好说，有的人短，有的人长。三五年能动的时间还是有的。"

"那就再想想，人生一辈子还想再实现点什么？"

"没有了。什么也实现不了。如果还有什么想法就是能有钱，把这世界看一看。能看一看就好了,反正最终也活不长。"阿明无趣地说。

艾红红也在想她还有什么愿望。姐姐上三年级了,上的是全市最好的学校,家里还给请了私教,不愁吃穿,用平板做作业,人也越来越漂亮了,她每次偷着去看姐姐,都要分辨一下哪个是她。她只好去得勤些,生怕认不出姐姐来。但后来她有了经验,不能照着上次看到的样子在人群中辨认,要想着她一个月又长高了多少,照着想象后的样子找,这样一来就好辨认多了。艾红红想完姐姐,她不让自己去想 Kathy,Kathy 永远停留在六岁瘦弱的样子,再也不可能长大。她想老三、老四。老三是女孩,老四是男孩。老三像俊明,老四像 Kathy,长相介于她和俊明之间,有着 Kathy 一样的眼睛和嘴巴,鼻子不像,鼻子跟老三一样。一个女孩,一个男孩,鼻子可能长成一样吗?艾红红觉得长大了会不一样吧。老四男生女相,长大了一定很英俊好看。

艾红红不想这样陷在自己的回忆里,她打了个激灵,忙把目光移向眼前的阿明,没话找话地问他:"忘了问你,你家人怎么看你这病?"

"我妈妈生完我不久就犯了病,那时她不知道自己得了这病。她上一辈没人犯这病,有一次,她腿脚发硬,以为是下雨天湿气重没在意,第二天去田里掉到一个深坑淹死了。那一年我三岁吧。我爸在外打工,回来把妈妈埋了又出去了,把我留给了奶奶。爸爸后来娶了他的工友,那个人也有一个孩子,是个女孩。他们后来又生了一个孩子,是个男孩,我就再也没有见过爸爸回家。我知道他们在上海打工,这也是为什么我毕业选择来深圳而不去更近的上海或杭州。"

"我能理解,我的父母在杭州,我就不想去杭州跟他们在一个城市打工。没有贴心贴肺的感情,隔着什么,不想在一起。"

"是,是这样。"

"你知道你得这病后也没有联系父亲吗?你总得知道是遗传了谁的这病吧?"

"我没有联系他。我大概知道一些妈妈的情况,说她手不灵便,又说腿麻木了。我这样跟医生说,医生说极有可能是遗传了我的妈妈。"

"还是跟你父亲联系一下吧,总要有亲人帮帮你。"

"这个时代,人情淡薄,他要是要我早就应该联系我。他除了寄钱给我奶奶,都没有回去过。奶奶年纪大时跟我说过一回,也许他怕后来的妻子知道他结过婚,有过孩子。他寄钱回家也是说给奶奶寄生活费,钱很少,我读大学时的学费除了奶奶拿了一笔,后来都是我打工赚的。"

"是,我也想过这个时代为什么人情这么淡薄。一家人分在几个城市,小孩子留在家里,哪个不是孤单着长大的?那种心里的孤单爷爷奶奶也顾不上,都是一个老人带着几个孩子,光搞吃的都够他们忙的了。"

台风过后，先是凉快了两天，气温又慢慢升高，一升高又回到了夏天。接送老三、老四去香港读书的车还是之前周日接送姐姐和Kathy的那辆，现在成了老三、老四的专职接送车。艾红红想见一见老三和老四，在小区门口守了很多天也未能见着车。有一回她在口岸远远看着车了，但车窗紧闭，也不知道两个孩子在不在里面。

见不着老三、老四，艾红红转头跟踪了姐姐，或者见见她远远做个告别也能心安些。姐姐早上跟俊明出的门，到小区大门等专门的接送车去学滑冰，或许将来姐姐能成为冰上芭蕾运动员。即使成为不了，至少是个资深爱好者吧，南方人有冰上芭蕾的爱好，身份不言自明，一定是个富家孩子。姐姐周六、周日连续两天训练，早八点出门，下午三点回家。去时穿上专业滑冰服，提着拉包，回来时像是洗漱过了，换了日常服，披着头发，也是拿着拉包跟来接她的人回家。艾红红也就是这样远远地见一见，并不会走上前去，她怕打扰了姐姐平静的生活，也怕场面会失控，影响到姐姐的未来。

见了姐姐，艾红红还是想见老三、老四，她到了黄埔一号附近的公园。天气凉下来了，她想小孩子的户外活动应该多了起来，希望在这里能遇着来公园玩耍的孩子。草坪上蚊子少些了，秋风轻慢，太阳温柔，小孩子可以撒开脚丫子在上面奔跑，那欢乐不是用钱能买到的，住豪宅也代替不了。

是奶奶跟育婴师带着老三、老四来的，奶奶开车，车还是她以前的白色卡宴。奶奶倒不是多炫富的人，爷爷有一辆更好的敞篷车，一直在车库放着，她平时也不开。

艾红红在公园看过老三、老四，见他们收拾坐垫回去了，又跟到小区门口。但她到时，奶奶的车早进地库了，她进不去。

艾红红出了小区街道，经过一家商场，想穿过商场去坐地铁，迎面见以前在她家做过钟点工的秦阿姨穿着商场的保洁工作服在给商场地砖打蜡。艾红红忙用包挡着脸，侧身在一边佯装看商品。秦阿姨也看到她了，因为机器差点撞到艾红红。秦阿姨并没有认出是她，继续推着机器往前走。艾红红没回头，慌忙往地铁口去。

还不到高峰期，车厢还有空位，一个年轻的奶奶或是外婆在看电视剧，胸前坐着啃磨牙棒的女婴。女婴被包在抱袋里，看着艾红红这边，高兴得手舞足蹈。艾红红知道那表情并不是对她的，扭头看看自己背后，车窗正经过外面的广告屏，一只笨笨熊在飞快地奔跑。艾红红放松了下来，想想自己安全了，她此刻在地下的地铁上，她认识的人都在地上活动，在这里不会遇着熟悉的人。艾红红掠过女婴往对面的玻璃窗上看，大家都在低头看手机，要说她与人不同的地方，可能就是没有看手机吧。她有点想逗一逗对面的女婴，忽又心酸，只好也拿出手机找点东西来看。

回到梁先生的别墅，阿明在哭泣，艾红红过去安抚他。后来知道也不是多大的事，就是阿明又有一个手指头开始麻木了。不可挽回的事没什么好劝的，重点在如何从中经过，艾红红拥抱起了阿明，像小时候抱着受惊吓的弟弟那样。

第二天，他们一起用早餐，艾红红问阿明："你有次说想要钱，想要多少？"

"十万？再多点就二十万。"

"跟你讲真的，如果你真能得到一笔钱，你想要多少？"

"就十万吧。够了，干什么都够了。我也没想过要奢侈一把，十万够了。"

"那就十万吧。我保证你能拿到。"

艾红红的条件是叫阿明把老四抱来，剩下的他什么都不用管了，他只需要等到十万到账背着包走人就行了。艾红红告诉他，他一定会拿到的，一分都不会少。艾红红太清楚俊明，他现在不缺钱，也不会把钱放在眼里。另外，艾红红更清楚方总，十万元换一个孩子，若她能保证孩子是安全的，哼都不会哼一声。报警对他们来说是耻辱，他们太知道如何用钱解决问题，能用钱解决的，麻烦警察做什么呢？

老四很安全，俊明看到了，视频里艾红红把他照顾得好好的。艾红红抱着老四，情境上不像母子俩，更像一个不太受欢迎的保姆讨好着小主人。

艾红红没想过逃跑，她说："我只需要跟孩子相处一天，看他吃饭睡觉，看他过一天的生活，然后我会告诉你地址，你可以自己来，也可以带警察来抓我。"

阿明很快取了钱，回来拿些个人物品走了。走时还不确定似的，回头看了又看艾红红和孩子，大约觉得这钱来得太容易太不真实。

孩子也不哭闹，抱着一只小白兔站在艾红红的后面跟阿明挥手。

小白兔是真的小白兔，温驯地趴在老四的怀里，眼睛明亮有神地打量着这个世界。原来阿明装作卖小白兔的，靠近了在草坪上玩耍的老三、老四，找人配合他声东击西，最后把老四抱出了公园。

第二天一早，还不到二十四小时，艾红红就把地址告诉了俊明，俊明找到了艾红红住的地方，他没有带警察来，只是一个人。

俊明在院门外按门铃，艾红红看着俊明，觉得自己也算准备好了，便给他开了门。老四已经起床，出来时还是抱着兔子。兔子样子有点蔫了，耷拉着耳朵。老四看见爸爸进门，高兴地冲他叫爸比。俊明先是犹豫了一下向屋里看了看，确认只有艾红红和老四便进来了。艾红红恍惚了一下，感觉一下子回到以前俊明下班回家的时光。Kathy 差不多也是这么大，也是在屋里玩着，她帮俊明接过皮包，俊明走去卧室。艾红红还在回忆着，俊明猛然间揪着她的胳膊抽起了她耳光，老四吓着了，哭起来，小白兔掉在了地上，但是老四还是很机灵地马上抓住了拴小白兔的绳把它拉回到自己脚边又抱了起来。俊明反身关了门，又过来把艾红红拉起来抽打一顿。艾红红不想反抗，配合着俊明，他把她拉起来她就起来，他把她踹倒她就倒下。"你求我啊，你求我啊！"俊明叫着。艾红红不求，她以前除了夜间，平常时并没有这样挨过俊明的打，但那夜里的折腾她早已习惯了，这样的拳打脚踢并不比那样的时刻更可怕。倒是老四吓得哭喊着"爸比不能打人"。

艾红红不求，躺在地上，看着俊明把小白兔摔在地上，看着俊明把老四抱走。老四哭嚷着要他的小白兔，但丝毫没用，俊明抱着老四大步地往前走了出去。艾红红盯着离她不远的小白兔，看着它抽动着，一直看到它不动，成了软塌塌的一团。

　　警察找到艾红红时，艾红红身上的瘀青还隐约可见。
　　还是一个周六，老四又不见了。这次不是在公园，而是在商场的游乐场不见的。视频里，一个穿连帽套头衫的男人带走了老四。当时老四没穿鞋，脚上只穿了一双白袜子走在光亮如镜的瓷砖地板上，才走几步，就被穿连帽套头衫的男子抱了起来。
　　警察问艾红红是不是有一个弟弟，艾红红说是，叫艾大锋，但是他们多年没有联系过了。警察叫艾红红说出艾大锋的位置，艾红红才知道老四被人抱走了。艾红红到警察局看录像，说那个人不是艾大锋，而这时艾大锋所在地的警方也找到艾大锋，证明他近期没出城。
　　艾大锋的公司解散一年多了，他现在在一家投资公司做职员，对艾红红这几年发生的事情一无所知。他的父母本来已经多年没有再做卖菜卖水果的小生意了，艾大锋的公司解散后他们为了帮儿子还债又操起了老本行。他们只知道三年前艾大锋的公司出事后艾红红不愿意再帮他们了，不知道艾红红已跟俊明离婚。艾红红还在警察局，母亲打通了她的电话，先是客套了几句，说是知道孩子被人抱走了。艾红红正想着如何跟疏远了三年的家人交流，刚说了句"妈妈你们还好吗"时，就听母亲责备起艾红红为什么就不能忍一忍，说忍一忍，忍一忍就过去了，夫妻间有什么过不去的事，都几个孩子了，怎么能离婚……艾红红没听完就把母亲的电话掐断了，随即设置拒接来电。也许曾大巧以为她跟方俊明刚刚离婚。艾红红不想解释，她也受不了曾大巧的责备。

艾红红想，那个人肯定是阿明。他又一次绑架了老四，这次是真的绑架，不是他们之间的互助合作行为。艾红红问警察绑匪这次要多少钱，警察说一百万。艾红红一阵眩晕，她想不到人类都是一样贪婪，妈妈是，艾大锋是，当然俊明也是，俊明虽要的不是钱，可他要的那个东西比钱更吓人。而现在，连阿明都是这样。她想想觉得自己也是贪婪的吧，虽然要的不是钱，虽然只是想再见见孩子跟他们告别才叫阿明抱了孩子，哪知阿明觉得这样来钱容易，真干起了绑架的勾当。不管要什么，都是贪婪。艾红红气愤地想。

因为艾红红跟阿明曾共居一处，被怀疑是同伙，艾红红被拘留。警察录完口供后把她关在一间只有一个窗户的房间里。窗户的位置很高，在两米五以上的位置，且小，看起来只有一张 A4 纸那么大。

除了警察来问她问题，她不知道事情的任何进展。她把知道的阿明的信息全都跟警察说了，然而警察还是没有找到一点线索。

阿明如愿拿到一百万，他要用这一百万体验一下有钱人的生活，把上一次没有体验完的有钱人的感觉继续体验下去。他起初把好像熟睡中的老四用背袋背在身上，到了一家正在销售中的楼盘，排队要买一套房子，然而房子也不是说买马上就能买的，销售人员告诉他要核实一些条件，但告诉他可以先交定金。大约阿明觉得付了定金也算有了房子，他付完钱，又带着老四去了车行。车行有监控，阿明和老四的一举一动就被录了下来。阿明推着婴儿车，老四起初睡着了，醒来懵懂地四处看。大约什么也不及一只活着的小白兔吸引他，他坐起来跟趴在他怀里的小白兔玩了起来。一会儿，他要下地，于是阿明把老四和拴了绳的小白兔一起放到地上。放在地上的孩子和小动物就生动起来了，一时成了客人和服务人员的焦点。大约因为这只小白兔，视频中的老四与阿明相处得挺好的，有说有笑，除了长得不像父子，看上去也是很融洽的长幼关系。这样阿明带着老四忙了一天，天黑时老四在阿明的背上睡着了，醒来有些哭闹，阿明便像一个父亲那样哄着他，给他在路边的小店里买了玩具。老四勉强不哭了，抱着一包玩具跟阿明进了一家麦当劳。吃过冰淇淋，兴许是阿明累了，趴在桌子上睡觉，老四没有睡，一个人心不在焉地玩着玩具，样子有些警惕，也许他意识到了什么，只是不知道该怎么办。麦当劳的人只准出不准进，很快大家觉得事情不妙，全部撤离了。阿明带老四坐在两面是落地玻璃窗的90度的夹角位置，里里外外的动静看得清清楚楚，他还是穿着抱走老四时穿的那件连帽套头衫，没有戴帽子，老四推他他也不动。玩具这时也不能吸引老四了，他走到门口看看，但他似乎推不开厚重的玻璃门，一会儿又折回去了。孩子像要找一些安慰一样，又过去依在阿明的身边，无趣地拉响一个玩具。

　　阿明似乎确实是睡着了，玩具响也没能让他抬起头来。俊明在麦当劳的餐厅出现，把老四哄了过去，然后抱着孩子迅速奔向大门。

大门很及时地从外面打开了，俊明出去，又迅速离开。孩子安全了，警察才进去试探，观察阿明放在左右两边两个空椅上黑色的包裹，并不是炸弹。阿明被拖走时还是睡着的。后来新闻报道中警方解释说之所以没有强行逮捕罪犯，是因为调查阿明时发现他在 2014 年曾积极参与一架飞机失联后的预测，他的微博转发最多的一条，说飞机被劫持到一个岛上，对于如何避开侦查、如何落地、落地后如何隐藏等等，说得很详尽且有逻辑，怕他在绑架老四这件事上也用了策略，更担心他随身携带的两个包里装了炸弹。

这个揣测从阿明到了麦当劳后的举动来看更加清晰，他带老四坐进卡位时，因为周边还有客人，他就把背包和手提包分别放在了左右两边的椅子上，然后他和老四一人坐在一边。而等周边的人离开，阿明又把两个包扩大范围来放，占了三个桌子，使他的安全空间成一个三角形。至于两个包里装的是什么，后来警方并没有说明。

阿明吞服了大量的安眠药，因为逮捕后就被送去抢救，很快醒了过来。

阿明被捕，艾红红被拘留，她拒绝为自己解释，拒绝向俊明求情，但是两天后警察还是把她放了。

艾红红没有回梁先生的别墅，或许在她被警察带走后，她手里的门禁卡和钥匙都已失效，她回不去了。艾红红去了顺记茶餐厅，见顺记楼下仍在挖地建地铁线，见起重机甩着长臂在半空中移动东西。她还是去了二楼，坐回了原来的位置，看着那个窗户，从包窗的钢化玻璃的倒影里仍可以看到下面行走的人的倒影。天凉二楼没有开空调，窗子开着通风，从伸出的玻璃面上可以看到远处也有一个起重机长臂在空中慢慢移动。而那个大坑也在一个重影里出现，但因为影像是虚的，看不出坑有多深。要想看出实情，只能走过去看。

艾红红放下包绕到桌子对面靠近窗子的平台踮脚往下看，首先看到的是一个很大的水坑，水很浑浊，仍是那种岭南红土地下过暴雨之后的土浆色。艾红红心里泛起一阵恶心，好像吞咽了很多那样的浑水想呕吐出来。她忍了忍，未等点餐上来就下了楼。

艾红红去了公园，在一片人造湖边停了下来，水杉的叶子有些红了，和远处的绿色映在水里很是好看。她真的觉得好看，心中升起留恋这人世间的情绪来，然后她走向树林，在那里放声大哭。

穿过树林，下了斜坡，下边是一片草坪，许多家庭带着孩子在那里放风筝。艾红红看着那些孩子，真心地喜欢他们，入了迷，觉得世间最美好的还是孩子啊！这么一想，那些她以为已经远离她的事物又近了，好像触手可及。她看中了几个孩子，在心里一遍一遍地接近他们。吹泡泡的小女孩，鬈发的小男孩，像长高后的姐姐的大女孩……

公园第二天一早有人来贴寻狗启事，彩色打印，照片上是一只毛发油亮的深棕色的贵宾犬。文字描述说贵宾犬是女生，三岁十个月大，体长约53厘米，2017年12月23日傍晚从风筝广场往棕榈园方向走失。走失时穿红色白点外套，耳朵上扎着红色白点蝴蝶结。

贵宾犬叫妮妮，呼唤名字时会知道叫它。会站立，会坐下，会握手，会两只手合起来做恭喜动作。文末红色字注明凡提供有效线索重酬五千元，寻到妮妮或凭线索寻回妮妮酬谢两万元起。

约中午时，有人在人工湖枯萎的荷叶间发现疑似深棕色贵宾犬。

警察到场后封锁了人工湖。有人说，至于嘛，一只狗，还封锁现场。有人说，两万元呢。

不知谁迅速发了博客，从周边赶来提供线索的人多了起来。都已经找到了提供线索有什么用？

贵宾犬的主人是个女子，疯了一样，说："有用，凡提供线索者统统重酬！"并歇斯底里地说，"你们说，你们什么时候看到我的妮妮的？它当时在什么地方？"

后来报出来的新闻让所有人意想不到，随贵宾犬一起打捞上来的还有一具女尸。

艾红红无处可去，一时想不好去哪里，她这几天都在这个湖边转悠，很晚才从湖边离开，她竟未发现有异常的女子和那只狗。她说，或许，在这个人世间，她还是错过了什么。

但这些也已经是两年前的事了。

三、抚慰

虽然不是我主动采访的，我也把艾红红的讲述当成采访，在她的同意下，我录了音，并做了详尽的记录。后期我在整理这些内容的时候，还记下几个我想弄清楚的问题。它们之间有些矛盾，或许也不是矛盾，只是我个人想弄清楚。若我要求艾红红解答，不知道她将如何作答。但我隐隐约约还是觉得她的讲述有些问题，是她有意疏漏不愿意讲出来，还是她没有意识到这些问题？

时隔一周，我再次约艾红红，她还是约在一周里相同的一天，周一。她问我要不要去看望张小姐，因为她还是得先去张小姐那里，这是她对张小姐的承诺，要在张小姐在世前一直去看她，给她带去小檬的消息，帮她洗澡、打理个人卫生。

我说我这周没有什么可采访张小姐的，就让艾红红把张小姐那边的事情做完再来找我。这回聊天的地方是我定的，还是顺记茶餐厅二楼，因为这算是我个人的习惯，我认为在连续采访同一个人时，若要延续相同的内容，最好选择同一个环境，这样被采访的人才有自动回忆和延续讲述的欲望。

这次我们赶上了饭点,在大家都吃饭的时候,我们吃饭,别人吃完饭去上班了我们才开始聊天。

我们坐的是老位置,我跟艾红红确认:"你当时坐在这里确实有过跳下去的念头,而不是应付阿明一时找的措辞?"

"是的,有。"

"你可以再说说当时你具体是什么状态吗?什么心情?"

"我走上来的时候还不到上午下班时间,二楼没有人,我上来就看到了这个窗子,我就坐在了这个桌子前面。点餐后没有马上上餐,我就起来走到窗前,看到下面是一个深深的大坑。前一天下过大雨,大坑里都是混浊的泥水,我先是心悸了一下,然后像恶心一样想吐,但一会儿就好了,没有吐出来。"她强调,"就是好像吃了恶心的东西一时想吐,又没有吐出来。"艾红红自己主动接着说,"我当时想,若是吞下那些泥土就是这种感觉,那我是能忍受的,我可以吞下那些水,沉入坑底。我当时觉得那个坑很深。现在铺平了,你可能不太信了吧?"

我没有回答她信还是不信,我示意她:"你接着说。"

"我听到脚步声上来就坐回了桌前,我开始吃饭,嘴里没有味道,也不知道汤河粉好不好吃,但我觉得我能把食物吃完。我真的把那一大碗汤河粉吃完了,又吃了新鲜的桂圆,然后我觉得心满意足,想睡个好觉。我想记下这个地方,好像是我能有的一个选择。就是,我对这个地方挺满意的。"

"满意什么?满意从这里跳下去?"我说这话时离开桌子走到艾

红红说的窗前，确实看不到下面的大坑了，地面平整，汽车飞驰而过。路边有一个地铁口，绿玻璃崭新、厚实，虽是透明的，还是给人一种很安全的感觉。艾红红没接话，盯着我的举动，我意识到我的走动干扰了她的讲述，我又回到了原来的位置上，且我有意摆成了之前的坐姿。

被我搅动的空气似乎又安静下来，艾红红才开口回答。她说："也可以这么说。安静的二楼，一面很大的窗，坐着可以看到外面的绿树，坐累了能起身跳下去。"

"按你和阿明说的，你忽略了楼房与水坑之间的距离？"

"是的。中间有一条人行道，我竟然把这个忽略掉了。我那个时期的状态很不好，可能想不到这种细节。"

我停下提问，喝水。

艾红红也停下说话，喝水。她担忧什么似的看了看我。一会儿，她说："我现在没有这念头了，我还有事要做，张小姐还活着，小檬还很小。张小姐说她这病一般情况也就能活五年，今年是她发病后的第三个年头，她不在了还有小檬需要我照顾。"

听艾红红这么说我有些犹疑要不要问下面几个问题。她现在这么平静地生活着，若要提问会不会让她再次陷入很糟糕的情绪？

我干脆说出我的担忧，告诉她下面的问题可能会引起她的不适，她是否愿意我继续提问。

艾红红犹豫了。

回忆是一件残酷的事。我记起一次参观以"未来世界"为主题的展览，我来到一个带声效的旋转黑洞前。那个洞很黑看不见物，洞的周围是它快速旋转的痕迹，旋转的动静之大几乎能搅动天地；而那个声音是一种吸附的动作发出的，我感觉到我的躯体瞬间被粉化，然后我好像一缕烟一样被吸走了。事实上我并没有被吸走，我只是被那个黑洞及它的声效给侵蚀了，那一刻我感到天旋地转，整个人倒了下去。同行的参观人员把我拉出了黑洞情景区域，待我醒来仍很虚弱时，我听到有人说我可能有幽闭恐惧症，被黑洞触发了幻觉。我呕吐，身子发麻，麻感慢慢减轻，慢慢恢复力气，听人七嘴八舌，没有一个人说对，只有我自己知道我是怎么啦。我五岁时跟舅舅家的姐姐在一个山涧旁边玩，我的小皮球掉到了水里，姐姐去捡，脚下打滑，落入水里，她一落水就被水流冲走了。水流下面有一个水潭，当地人叫它龙潭。龙潭的旁边有一个急流旋涡，姐姐被卷入那个旋涡里去了。我大声呼喊，耳朵里全是水流声，听不到自己发出的声音，但可能只是我自己听不到自己发出的声音。一会儿周边的大人来了，大人又叫了姐姐的家人过来，但大家怎么捞也没捞出人来。我在黑洞前看到了卷走姐姐的那个旋涡，我恐惧至极，事隔多年后，我站在黑洞前感觉自己也被那样的旋涡卷入了一次。那件事情发生之后的第二天我就被奶奶接走了，这才是我被接回城里的真相。大家都说我回城市的奶奶家是因为我要回城里上学了，不是，这是只有我才知道的真相，或者说只有我知道大家都假装不知道的真相。姐姐被卷入旋涡这件事是我不能回忆的痛苦，我逃避它，不愿意回忆，偶尔触碰我就恐惧到不行，感觉到窒息。那次参观以"未来世界"为主题的展览是我没有防备，它突然间迎面而来，唤起我回忆往事，然后把我打得粉身碎骨。

"我会怎样？"艾红红警惕许久地看着我问。

"这要看你当时的创伤程度，也要看你如今的修复程度。"

"我没有创伤。没有人伤害我，我是自作自受。我原本可以那样衣食无忧地生活下去的，是我亲手毁了它。"

"有没有构成创伤，你是否承认自己有创伤，真要讨论下去是心理学的范畴了，我也不是很懂，但我多少知道一点，自己对自己的伤害也有创伤，这个伤害就是你说的自作自受。"

"叛逆。我是叛逆。从小到大生怕没人管我和弟弟，乖乖的，还怕没人理，在家听奶奶的，在学校听老师的，毕业后突然没人管了，一下子没着没落了。一个成年人，慢慢尝试认知这个世界的心理很奇怪，像个傻子，像个没见过世面的人，像个乡巴佬，只有听从命令才有安全感。后来，完全听从又觉得不甘，觉得自己没为自己做过一回主。"

"但这些都没有对你构成正面的创伤，还只是隐性的，像炸药不会自己爆炸，只是有危险属性，它只有遇到火才会爆炸。你明白我的意思吗？不明白？你说小时候爸爸妈妈留下你和弟弟，奶奶带着几个孙子，除了给吃的，顾不到你们的心灵，你们的心灵都是孤单的，你们表现得很乖，怕失去所有。这些都不是正面的伤，是隐形的伤，一个什么机遇，打开心结就过去了。真正的创伤是一把盐的到来，放大了痛，这时那些隐形的伤才是真正的伤口。"

"我非说不可？"

"你可以不说，但是不说你为什么要找我来写这个东西呢？你自己写就好了。你要客观呈现那些事情那些时光，客观不只是事件层面上的，还有你当时的心理状态，你真正的情感，只有这些都是你的真实情况，你要留下的资料才可能'客观'，虽然这个'客观'也仅仅是从你个人角度而言的客观。就是你需要原原本本地说出你作为个体的经历，我原原本本地记录，它才可能是'客观'的，你的所作所为才有可能被理解。但说到这，我还是得让你知道的是，有些'客观'未必对当事人有益，所以你可能需要再斟酌要不要讲，要不要毫无保留地做到'客观'。你自己讲你自己的事，若想对自己有益，有些事可以不讲完，做些保留，这是你自己需要拿捏和斟酌的。就是即便我问你了，你也可以不答。但作为记录者，我意识到的问题我肯定要问。"

"不讲完还能'客观'吗？"

"讲不一定'客观'，但不讲完一定不能。"

"那你问吧！"

"有好几个问题，你现在情绪怎么样？能回忆吗？能真实地讲述吗？"

"我试试。"

我见艾红红并不确定，借故走开一会儿让她思考一下再做决定。

我重新叫了饮料，两杯冰柠茶和两碟油炸小食。饮料和小食上来后，我们一直沉默，我不想劝艾红红开口。艾红红虽然闭上嘴唇不开口，但从她手上的动作和僵直的身体，我知道她在跟自己做斗争。

艾红红像是把自己为难过了，突破了一个缺口，突然说："我没想到你们写东西还要这么为难人，我看你也没有为难张小姐啊。"

我说："那不一样，我不是为张小姐写纪实，我只是报道她的病情和她需要的社会帮助。对她我们是公益援助，出发点不一样。而你知道的，是你要我为你写一篇'公道'的文章，希望未来有一天你的孩子想了解你的时候有个你这边的说法。你没有自己写不是就怕自己写不'公道'吗？所谓公道，是不偏不倚，是本来的那个事实。你的'公道'就是你的事实。你若未说出全部的事实，你何来'公道'的可能？"

可以看出艾红红还在挣扎着，也迷茫着，我们沉默，我等她下决心是否愿意说出所有的真相。

"那你问吧。"

"有这么几个问题：一是有关方俊明的问题，你认识夏国威前方俊明是否已经出轨？若是没有，你为什么要犯一次错？若是已经发现，你为什么要一直容忍？我得提醒你，你之前的说法是方俊明之前没有出轨。你得想好了再回答这个问题，你应该能明白'有'或'没有'对你的道德评判影响很大。二是有关夏国威的，你和夏国威后来还有联系吗？有没有认真想过你是喜欢上了他，还是真的就是想利用他一下？三是有关阿明的，你们曾在一个屋檐下居住，你们是否发生过情感和身体的关系？还是你只是简单地想帮他完成人生最后的愿望？这是很隐秘的个人问题，但它能帮助说明你不是绑架案的同谋，你不是要与他私奔。你能听出这三个问题都是事情的关键点，甚至与性有关。为什么我要提出性这个问题呢？在你跟我的讲述中你有提到这方面，但又是隐晦的，我感受到你并不想敞开这部分，但因为你常常沉浸在讲述里，有时还蛮激动，也可能我也是女性，你没有顾及。不管是哪一个原因，你有意识也好，没有意识也好，你已经说出了不少这部分的事。但这部分对你做出的各种决定非常重要。关于这部分，你是否愿意我如实记录下来？"

艾红红陷入回忆，老三、老四这对双胞胎出生前，她跟方俊明虽也有年轻夫妻的小矛盾，但总体还是好的，两个人还是齐心协力地要把孩子照顾好，探索着要把他们的小家经营好。那时方俊明还没有开始直接参与公司的经营，只是完成他与谢爷负责的事务。

在艾红红的记忆里，方俊明的变化不是没有，像一棵小树发芽长枝，像一个婴儿学爬会走，因为是自自然然地顺势成长，还是艾倩的她，觉得自己都习惯了。老二要上幼儿园了，要交第一学期的学杂费时，学校鼓励一次性交完，也同意月交，区别在于一次性交完能省两千块，艾倩这时才开始承认他们的生活早已出现问题。俊明一直是拿死工资的人，年终奖也是普通员工的标准，这个钱之前是够一家三口的开支的，虽没有富余，但还够用。老二出生后有些紧张，好在艾倩并不是个大手大脚的人，老大的衣服洗洗能给老二穿，老大的玩具消消毒能给老二玩。艾倩对家庭的全部开支不是没数，因为小区物管费、住家保姆工资、老二出生后增加的钟点工资及三个车位费、奶粉钱都是方总支出的，未经她手，像刀子割的是别人的肉，你只是知道疼，到底多疼你还是不太在意。她也知道俊明的工资支撑的部分只是他们生活的小部分，可是如今一算，这个部分实在太小，艾倩惊骇，她之前怎么没有去想这些问题！或者想了，因虚荣心不想面对？看着俊明的账户余额，看着老二幼儿园的费用，她犯难了，她要不要为了省两千块一次性交完？老二和老大是一个幼儿园，老大的学费从来都是月交，因为她之前没有兴起要省下一两千块钱的念头。

艾倩想找俊明聊聊，在他们二楼的书房。

书房没有书，两侧有格层的柜子高的地方空空如也，低的地方放着俊明临时搁的文件袋、文件，有两个格子临时放着孩子的玩具，因为有时老大、老二跟俊明和艾倩玩时会来到这个书房。

洗漱后，艾倩把老大、老二安排在她们自己的房间玩，她回到书房。俊明还在洗漱，她备好俊明出来后穿的居家服，放在卫生间门口的木架上，又给他们二人一人备一杯温水。

俊明坐过来时她在发呆，小区的路灯照在书房窗外的一棵粉玉兰树上，迎光的树叶和花朵明亮，背光处的花朵则和树叶融为一体，分不出彼此。

艾倩如实说了两个孩子交学费的事，因为老二是新生，报名费比老大多一千多元，但是要一次性交完一学期的就能省下这一千多元，另外还有一个九八折的优惠。

俊明揉着湿发，等艾倩继续说话，他知道他不提问艾倩就会主动把她想说的话都说完。

艾倩说之前老大的学费都是月交，没想过要省钱的事，若是这次两个孩子的都一次性交，就能省下三千多元，这个钱对他们来说不算少。

艾倩说："要不你听听方总的，参与公司的管理，这样你就能拿副总经理的待遇，年终也能拿分红，比奖金多。"

俊明喝水，抿嘴，意识到考验他的时刻到了。他没说话，迅速地点了点头。艾倩见他这样，觉得挺对不起他的，她知道他的心里非常拒绝方总的安排。

艾倩拉了拉俊明的手，然后说去哄孩子们睡觉。

等艾倩哄睡完两个孩子回到他们的卧室，俊明床头的灯还亮着，艾倩就知道俊明没有睡。

即使俊明还没有睡，她也会轻手轻脚地上床，不想干扰到俊明。

艾倩先熄了俊明那边的灯，上床后又熄了自己这边的灯。刚熄完还未躺平，艾倩就被俊明拉了过去。俊明以前也会这样，这次是最用力的一次。还好，艾倩想，他发泄完就好了。

艾倩也有委屈，不光是从俊明这里受的委屈，还有其他地方来的，但她看不清那个地方。她洗漱完，不想回卧室，想去看看两个孩子。孩子们的房间漆黑，大灯是她之前关的，她知道开关在哪里，可是不想开，怕惊醒孩子。她也忘开夜灯了，她想着去开夜灯，像个瞎子一样摸索着过去，到了又不想开了，她也不想回去，就溜着墙壁把身子缩下去，蹲在漆黑的墙角。她蹲在两个孩子的房间不回去也不是第一次，她不想去管俊明是睡着了还是在等她。也许俊明也有莫名的委屈，他可能觉得自己也在承受着不公与痛苦，而这个痛苦正是通过艾倩的手抛给了他。

俊明怎么找方总谈的艾倩不知道，俊明开始参与公司的管理，第二个月就见俊明的工资涨上去了。无论如何，她当时还很高兴，计划了一家四口出去玩一下吃几顿大餐。

艾倩以前就是俊明工作上很好的助手，结婚后又像俊明的私人生活秘书，包括搭配俊明日常工作的衣服配饰，公差出行也都是她处理，比如订什么时候的机票，订什么档次的酒店，行李安排，什么时候叫人来接，等等。

他们一家四口出去玩，出门时俊明才问他们要去哪里。艾倩说泡温泉。两个孩子也说，泡温泉。俊明就没问了。

到了具体的地方，俊明负责看两个孩子，负责陪她们玩，入住什么的都是艾倩办理。因为这些一直都是艾倩在做，而艾倩也觉得做这些有找回工作的感觉，觉得在公司做文员做秘书也不过就是做类似的事情。俊明涨工资了，他们更有钱了，但涨工资之后他们只这样出来玩过一次，俊明忙起来后总也组织不起来，有时明明订好了酒店，俊明突然去不了了。就是在深圳周边玩玩都很难凑出时间，有时干脆是她带两个孩子先玩，让俊明忙完过来，又或者他突然离开。总之他们再也不能一起出门去旅行，一起出门去公园，也不能一起回家。

俊明的妥协条件里包括生三胎，方总倒没有明着要求他们必须生男孩，但从方总安排保姆做的饮食上看，应该是照着生男孩来的。艾倩半年不见怀上，一年了还不见怀上。方总本来计划三胎怀上后让艾倩去香港生，现在连怀都怀不上，干脆让他们去香港治疗。艾红红回忆，这时的她还是好好的，还没有出现怪异的行为。她意识到自己有些不对劲，是双胞胎断奶，两个孩子彻底不用她管后，她先是在俊明晚回的时候，会坐在二楼一个能看到楼下客厅全景的位置上往下看。起初老三、老四还小，常在育婴房里，后来老三、老四会爬，在一楼客厅的时间多起来，艾倩坐在这个地方往下看的次数就增加了。有时俊明在，她不能坐在那里看，就会在俊明睡着后悄悄起床到那里坐一会儿。这个时候老三、老四肯定早去睡了，但艾倩就是要在这里坐一坐才会心安，回到床上时才能睡着。

"这是方总住过的房子，她不知道二楼有个位置能看清一楼客厅的情况吗？"我插话问。

"好像是没有，她好像一点也没有发现我在二楼往下看的事情。"艾红红答。

方俊明有了专门的助理，有了专门的司机。艾倩彻底闲了下来，然后就有了艾倩提出要一天假期的事情。

艾红红说这时的方俊明还没有在外找女人，他有很重的心事，只有她知道。她知道方俊明只是不想听从方总的安排，他未必不曾幻想过有一天真能参与公司管理。如今他掌权了,决定着公司的业务发展,香港那边的合作之前他完全没接触,现在他也想参与进去。他一心忙工作,忙应酬,她不常见着他,她有时觉得他像一个与她没有关系的人。

平常孩子上学之后,艾倩打理二楼,她觉得自己好像回到了读书时期,多少年热闹后,又是孤单的一个人。楼下的事情不用她管,她也不想下去,她只在二楼活动,在二楼徘徊,她只能盯着自己的脚尖看,不知道自己的出路在哪里。

艾倩认识了夏国威,起初还想与他保持距离。后来有一次方俊明因为她弟弟借钱的事骂她,夜晚扇她耳光,导致她第二天鼻青脸肿。那样的事之前不是没有,但艾倩认为那不是她的原因,是能同情和原谅的。而这次不同,这次是她的原因,是她的弟弟给他添了麻烦,所以他扇她就成了惩罚她。曾经多少忍受一下子变得很不值得,她矛盾、纠结,一边想舍弃,一边又因娘家人不停找她拿钱,她意识到不能舍弃她现在拥有的一切。这一切就是钱,是荣华富贵。艾倩出去买廉价的衣服,把二十五元一件的牛仔短裤穿在自己的身上,把自己想象成一个生活在社会底层的人,以安慰她遭遇的这一切,这让她心里舒服多了。

有一段时间,她乐在其中,一会儿穿得像个底层的农民工,一会儿穿着华贵的衣服陪方俊明出席豪华的宴会。像偷偷坐在二楼往下看一样,等她意识到自己这样分裂的时候是再次遇到夏国威,夏国威要她做他镜头中的风景时她竟然答应了。她意识到了这是很危险的举动,她明白自己在做什么,可是她又不能停止自己的行为。他们挨着对方坐下,尝试回应对方,他们拥抱,并像动物一样记下对方的气味。艾倩生出一个可怕的念头,她要假戏真做,她要找一个秘密陪她过一生,然后让自己死心塌地地留在荣华富贵里。她还为自己这样的决定找了个理由,她能留在这里最有利的还是不用与孩子分开。她要捆绑着这份秘密把生活过下去,直到孩子们都长大成人,直到她老了,迎接一个人自然死亡的到来。她越想越觉得秘密有时候是一个人的底气,是自律的章法,她想利用一下这时主动送上门来的夏国威。

但她最终还是把这件事弄砸了,本来一次就够了,她让它发生了两次,不然夏国威不会那么恨她。

夏国威是一个理想主义者,还在寻找他的理想生活,但是这个理想被她艾倩给破坏了。在公司年会上,夏国威认出了她。一个热血青年的理想被破坏,恼怒可想而知。艾倩在那一刻看出了那恼怒力大无穷,意识到自己把事情做过头了。夏国威揭穿她之后,她再次被俊明抽打,当时还不知道原因,第二天俊明拉着她去离婚,她才知道这一次被抽打也是她的原因。奇怪的是艾倩知道这点后第一反应不是多么悲痛,而是觉得解放了。破罐子破摔,事已至此不可挽救反而是一种解脱。方俊明拉她去离了婚,却并未赶她走,而是把她当成用人一样使唤。这是为了羞辱她。

艾红红强调,后来的事不能算方俊明出轨,他是在他们离婚后才在外面找女人的,每次都是不同的女人,艾倩没有在出轨这事上质疑过俊明。总之艾倩若对方俊明有质疑，还是在方俊明与方总之间，方俊明与公司之间，她知道方俊明有野心，只是方俊明不表露出来，有时不小心流露了出来，他也会掩饰。可是，他能骗得过方总，怎可能骗得过她？可以说，方俊明的野心在她的出租房里就流露出来了，只是那时还是幽怨的形式，是痛苦伤心的形式，还没有付出行动。艾倩这样想后，连带开始反思她早在她的出租屋时就警惕方俊明的一些怪异举动，她不该在疼痛中同情他，认为那是方俊明对她的敞开心扉和依恋。

回头看，艾红红觉得方总是高明的，从起初知道俊明谈恋爱到要结婚，她不但没有明着反对，还支持俊明结婚，给他们房子住，供他们生活费。因为高明的方总无须在生活上掌控他，只等俊明成长起来接手公司，到时这个儿子自然就会在她的掌控之中，后来的事实就是再好不过的证明。艾倩注定无处可逃，看着是得了利益，但在个人精神上她一无所获，甚至是一场浩大的羞辱过程。她自然也是可以长久地在那个家庭生存下去的，但鬼知道，未来的多少年她将如何度过。艾红红如今并没有后悔离开，她只后悔走得不好看，丢人，并为不理性的行为感到羞耻。她觉得都是她的错，觉得对不起姐姐，让这个孩子小小的就没有了妈妈，但进一步总结她又觉得这个孩子失去她并没有失去太多，她留在那个家庭不会失去在这个时代下良好的教育，富裕的生活，以及光明的前程。她庆幸没有带走姐姐，这是她如今比较能安慰自己的地方，不然，后果不堪设想。至于老三、老四，她心底没有一点愧疚，他们本来就跟她没有关系，只是毕竟她怀过他们，她用奶水喂养过他们，他们带走了她的一点点心脏，她只是感觉到心脏那里缺了一块，让她的身体里有个小小的地方空了，但不痛不痒。

"后来你和夏国威、阿明有没有联系？"

"后来我再也没有见过夏国威，也没有联系过，我们主动从对方的世界消失了。后来我梦见过他几次，他总随着北极光一样的光束出现，他向我走来又走远。阿明不像他，什么都不像，长得不像，性格也不像，我能理解阿明再一次绑架老四，他的生命即将结束，但他还没有体验过这个世上的荣华富贵，太想尝尝拥有的感觉，获得富人拥有一切的感觉。他恐惧要早早地结束一切，他着急实现太多东西，以为实现就能没有留恋地结束。他不坏，也不是个狠角色，不然他可以更长时间地利用这个孩子，不会只利用一天。且他服下了大量的安眠药，就是为了早早地结束他想结束的世界，不用等到入了狱出狱后才结束。我看到他自杀的消息，没有想要去送他一程，因为我对他一点同情也没有了。对，还有一点我想说，他是懦弱的，像早期的方俊明一样散发着懦弱的气息。他这样的懦弱，能再绑架一次那个孩子已经是鼓起了最大的勇气。"

说完，艾红红沉默。长时间的沉默。

"另外，你还会再跟家人联系吗？你的父母，你的弟弟？"我打破了她的沉默。

艾红红答之前的问题都是平静的，却因我这个看似最简单的问题恼怒了。艾红红直着眼看我。这是我认识她以来，她表现得最失常的一次。曾经有好几次我都想，她这么多故事，经历了这么多，她是如何做到心平气和甚至有些事不关己地跟我讲述的？我只当她是绝望过了，重新找到了生活的支撑才这么"平淡"。但从这一眼里，我知道她的内心还有未灭的火焰，只是还没有触碰。

最后，艾红红拒绝了谈论娘家人这一块。附带的连她和张小姐以及小檬的问题也不想开口了。

就职业需求而言，我这样提问触痛了被访人也很正常。但见艾红红这样我还是有些歉意，因为我知晓她太多事，那些故事已是她的半生，其中的痛苦不言而喻。

我试图邀请她出去走走。她不说好或不好，开始收拾东西。我起身，她也起身，我走，她也走，好像跟着我的一个影子。

到了上次去的公园，傍晚了，太阳西斜，树林里的黄色落叶被照得明亮。艾红红说想躺一下。我说好啊。我们躺在一个斜坡上，上面一种不知名的树的种子被鸟啄得响亮。这才是春天，但岭南的植物生态就是这么奇怪，一些高大的乔木秋冬常青，却在春天落叶。我来岭南已多年，曾观察过周边的树木，我想大约春天时一些树木还是要长出新的枝叶，因为新的成长需要太多的养分，树木需要做出取舍，放弃一些老叶，所以岭南的春天就有了一道北方人难以理解的风景，大风一吹，黄叶纷纷飘落，就好像北方秋天的景象。

艾红红缓和下来了，语气温柔地说："好像我们老家的秋天啊！

三、抚慰 | 217

我总想回去看看,却找不到理由回去。就像我很想去看看孩子,但我知道去了也没有用,未必能看到人,也未必能解决我对姐姐的牵挂。"

艾红红消失了。上次未聊透的话题我想再尝试着约她聊聊,先是发给她信息没回我,再打电话过去提示不在服务区。

我重新梳理艾红红的讲述,想找出她消失的线索,消失后会去哪里。

我也在想我的问题,我是否非刨根问底不可,是否只要按照当事人的讲述呈现就好,像张小姐一样,她讲什么我写什么。可是艾红红与张小姐不同,是她要留下她真实的故事,如今又是她不能继续。她的孩子会想要了解她吗?若想了解,是想要一个信息有缺失但是人格完整的妈妈,还是一个信息很完整但是人格有些"污点"的妈妈?想到这里,我才想起,艾红红到底想呈现一个什么样的自己呢?还是连她自己也是模糊的?这个应该是我开始就需要弄明白的问题,是我疏忽了,认为听她说就好了。我想再等等艾红红,等她看到我的信息做出回应。

大约一个月后,到了端午,我按照基金会的安排去看望张小姐,给她送些过节礼物和转达慰问。因为我把小檬的情况也上报做了备案,所以看望小檬也在我的工作范围之内。我正常预约张小姐,想先去看望她,但转念一想,兴许艾红红回来了,于是我改变计划先去看望小檬。这次我不用通过义工站进福利院，而是通过基金会的预约来的。

临近节日，来福利院看望慰问的团体多，我被安排与几个团体一起传达慰问。这么多的人看望的对象多，我只需要看望小檬一个儿童就好，但是因为要听从福利院的安排，我还是得等到他们正式接待才能见到小檬。讲话、赠送慰问品、合影，轮到我时，本来只有我和小檬走到指定的合影点，但小檬太小，接不了我送的慰问礼物，于是合影时从一边的人群中又过来一个护工，代替小檬接下我递上的东西。合影完，我们一起下去，我想牵小檬的手，小檬很热情，看到我伸手，忙把小手递了过来。

小檬的手很小，软糯糯的，我设想她这样的小手抚摸在艾红红脸上艾红红是什么样的感受，作为一个母亲的感受？怀念自己孩子的感受？

离开人群，我可以正式跟小檬接触了，我要给她拍照，护工指了指一个有儿童娱乐器材的场地，说明范围叫我不能离开，我答应护工，然后找出一个芭比娃娃布偶和棒棒糖给小檬，叫她拿着坐在一个像小象鼻子的滑梯上拍照。小檬非常配合，闪着像张小姐一样的黑眼睛看镜头。我用了人像特写镜头，拍出的小檬面相非常清晰，脸上毛茸茸的，非常可爱，我准备把这些照片拿给张小姐看。

拍了十几张，小檬跟我也熟络起来，能很自然地跟我说话了。她说："你的那个相机能看很远很远的地方吗？"我说："不能，能看很远很远的是望远镜。"她说："你那个是望远镜吗？"我说："不是，我这个是照相机。"她说："你那个照相机能看很远很远吗？"我说："不能，照相机是用来照相的，是把人照在里面用的。"

小檬抱着布偶玩她的，跑上滑下，自己跟自己玩，样子像很习惯一个人这么玩。我设想能不能问问她艾红红还在不在这里工作。但见她沉浸在自己的玩乐中，我不能预料她会不会回答我。因为小檬的专注，我坐在一边感觉到自己非常孤单。我感觉自己像是掉进了我的童年里，一个人远远地坐着，看着别人玩得热闹而欢乐的样子。

我尝试跟小檬一起玩，但显然这是儿童专用的滑梯，我不可能坐上去然后滑下来。我想或者可以让布偶坐上去往下滑，于是我让小檬把布偶给我，我给她演示布偶也会滑滑梯，小檬有点犹疑，我说："这个布偶是阿姨给你买的呢，我就让她滑一下滑梯就给你。"小檬递给我布偶。

布偶差不多是小檬的一半大，有胳膊有腿，像小檬一样也穿着可爱的蓬蓬纱质裙。我让布偶坐到滑梯的上面，一手抓着布偶的背，半扶半推地让布偶往下滑，到地面时我还让布偶一下子站起来，像小孩子滑完滑梯突然站起来一样。这一下子把小檬逗乐了，她也要自己把布偶放上去滑下来。但她够不着滑梯的上面，我借机抱起小檬让她扶着布偶，但她一松手布偶一个跟头就栽了下去。小檬一惊，我说没关系，没关系，并教她怎样才能让布偶不倒。

很快小檬完全放松了，主动叫我陪她玩了。我看时机差不多了，就问她红红阿姨今天有没有上班。小檬再次不说话，对我还是有很明显的防备心。我重复问她，她并没有回答我，也或者她不懂我问话的意思，什么是有没有上班。但她似乎要更正我的话，说"红红妈妈"。我说："对，红红妈妈。红红妈妈今天上班了吗？小檬今天看到红红妈妈了吗？"小檬说红红妈妈给小檬买东西去了。我看她说这句话时低下头，心里很委屈，就不忍再问她什么了。虽然我很想再问小檬，那你昨天看到红红妈妈了吗，但除了不忍心之外，我也拿不准这么大的孩子能不能分清"昨天""今天"这样的时间概念。

我们一起玩了半个多小时，之前的那个护工过来接小檬回去。我趁机问护工艾红红在吗。护工抱起小檬，说她请假了。我追问，艾红红什么时候回来。护工说不知道，跟她不是很熟，得问院里。

我要不要去问院里？出于什么理由要问一个护工的请假时长？说是了解小檬的成长能不能成立？想到这一层，我觉得不如再缓缓，等待艾红红自己调整好心态再出现。

上午去看的小檬，下午我也没什么事做，就连着去看望张小姐。

两点半了张小姐还在睡觉，别人都在活动了，她还躺在床上闭着眼睛。我等了她一会儿，想等她自己醒来。可到三点了，张小姐还是沉睡。护工说可以叫醒她的，平时她自己不醒，他们也要把她叫醒的。我冲护工说："那你叫醒她吧。"护工忙着收拾房间，用戴着塑胶手套的手去推张小姐，说："3床张春艳，3床张春艳，醒醒，再睡就睡太多了，快起来了！"

张小姐睁了睁眼睛，又晃了晃头，像一只冬眠的动物醒来时带着虚弱和犹疑。护工在拖地了，说："有人来看你了，起来吧，光睡哪行？"从护工的语气里一点也听不出温柔和同情。

我没有马上走去张小姐的面前，我想等她自己完全清醒过来。

张小姐几欲闭眼再睡，又意志坚定地使劲睁大眼睛要看清这个世界。

张小姐起床了，用胳膊艰难地支撑身体，好不容易坐立起来，拿开身上的薄毛毯。她的手指已经不灵活了，她用整个手掌去扒拉，用两只手掌去夹，但那夹也是无力的，毛毯还是不听使唤，一次一次地从她的手掌中滑脱。

我看不下去了，过去帮张小姐挂上蚊帐，帮她叠毛毯，但当我要扶她下床时，她看清是我，才开口说："是你啊陈小姐！"她不让我扶，争取自己下床。她像个幼儿一样让自己先趴在床上，然后挪动臀部摆动脚往下滑。脚着地后，她仍不放心，缓了又缓，才将身子直立起来，确认自己是不是站稳了。护工及时地推来轮椅接张小姐，让她坐在了轮椅上。张小姐远没有三岁的小檬灵活了。

张小姐嘴唇干枯，上面起了一层白皮子，我问她喝水吗，她说先上厕所。护工陪她去上厕所。我见张小姐的床头放着有吸管有把手的塑料杯子，但见杯子里面的水还有一半，我想为张小姐做点事情，想要把水杯装满水，但当拎起来时又想是不是张小姐拿不动故意装半杯的呢？我拿不准，只好把水杯放回去等张小姐出来。

张小姐出来，努力地开口跟我说话，我看她的嘴唇太干了，忙把半杯水递给她。她说想喝温热的，要我帮她加点热水。我加完热水再给她，她很着急地嘬起来，一口气就把半杯水喝完了。张小姐喝水时，护工问我是不是要待一会儿才走，我说是。她说那她先去忙其他的了，离开时要把门关上，保证张小姐在屋里。我应允。

张小姐比一个月前我见到的样子又羸弱些，我问她怎么不让家人来照顾她，她说没有家人。第一次来采访她，拿到她的资料前，我就知道她没有提供家人的信息，但事到如今她这个样子没有家人来关照，有点出乎寻常。她这个病从病发到最后就五年左右的生命，现在三年了，这也意味着她的时间不多，是时候考虑后事了，比方小檬，比方她自己的后事如何安排。

我问她艾红红最近还来吗，她说没有。我问她从什么时候艾红红突然没有来的，她说的时间正是上回我与艾红红见面的时间。

我问她知道艾红红为什么没有来了吗，问她可不可以跟我讲一讲她认识的艾红红。张小姐身体和头都没有动，抬眼看我，问我她怎么啦，有没有对小檬不好。我说没有，小檬很好呢，听说要去上幼儿园了很高兴，这个月会认拼音了呢。张小姐笑了，热泪盈眶。

张小姐问我能陪她去娱乐室吗，她好久没有出这个房间了。我觉得可以多陪她一会儿，于是向办公室申请带张小姐出房间。办公室的人认识我，也知道我今天是来关怀慰问张小姐的，就同意了，还给了我娱乐室的钥匙。这让我想起艾红红第一次跟我搭话的那天也是用了娱乐室，结束后我还等她去办公室还钥匙。

我已经会推轮椅了，也学会了用后轮的刹车，我若把车刹住，张小姐是无法用手转动轮椅的手轮的，所以我还是很放心地把轮椅停下来开娱乐室的门，不怕张小姐在我开锁的一瞬间出现意外。

三、抚慰

张小姐想进娱乐室前在开放式走廊上多待一会儿，我也同意，由着她透过护栏看看外面及楼下的花园。我站在她旁边无声地陪着她。张小姐突然说："要是小檬能来这花园里玩耍就好了。"我忙说："小檬的福利院环境比这儿好，也大，还有儿童游乐场，只不过健身器材跟这里的不一样，而是特殊的器材，比这个花园里给老人使用的器材要矮小，手感也软，像给所有的器材包上了一层软胶，防止儿童碰撞。"

张小姐说她知道，她去过那里，她只是想小檬要是在这里玩，她就能看见小檬。我一下被自己的呼吸呛着了，憋着不敢出声，我知道张小姐这是想见一见小檬，但我和我们的基金会并没有权利把小檬从福利院带出来，除非张小姐申请。但我也不太敢擅自给张小姐建议，我得回去问问基金会，怎么做才更符合规定。

我们两个都不说话，沉默了好一会儿，最后还是我说我们进去吧，张小姐才说，好，进去。

张小姐有一件为难的事，她离婚后分得了房子，按她的计划，把小檬送去福利院，房子出租，租金够她还贷和交社康中心的收费。因为她终有一天会走的，所以会提前托人把租金攒起来留给小檬长大后使用。但是那时她只想着还贷和交社康中心的费用，没想到自己不能动了后需要另外交特别护理的钱。而现在艾红红又没有来了，她已不能自己洗澡，且她为了不让自己太脏只好从下午起就不喝水，这样能减少上厕所的次数和出汗。但是这样她的身体就虚弱得更快了，怕自己无法支持太久。

我知道社康中心的护工也会帮病人洗澡，只是不可能天天洗，因为一个护工看几个房间，个人护理太精致是做不到的。所以这就是为什么明明病人住进社康中心了，有钱的人家还是会给病人配备个人护理，以保证病人在社康中心住着更舒服。

而让张小姐更担心的是，房子曾有几个月出现断租，前租客走了，后租客没来，租金接不上，她就会陷入断供危机。她没有积蓄，若是再出现这样的情况很怕房子保不住，要交由银行拍卖出去偿还贷款。她并不想把房子交给银行拍卖，因为她想把房子留给小檬！她曾多么乐观地这样设想，她的孩子长大后至发病前这段时间，有了这个房子的租金，就能自己生活了。而如果小檬病发，也可以卖掉这个房子用这个钱治疗，她相信十几二十年后医疗水平会比现在好，甚至有可能提前干预。而这些理想如今看来只是个设想，可能房子等不到孩子长大就出了问题。我们成立基金会就是为了帮助这个病群的人，但像张小姐这样的情况，有自己的固定资产的，我们基金会能帮到什么程度我还不太清楚，所以张小姐说着她的难处，我并不敢回答她，只好记下她的话，说回去交给基金会研究。为了缓解张小姐忧郁的情绪，我给张小姐看小檬的照片，她显然很高兴，好像小檬就在她的眼前一样。

然后我让她说说艾红红，就说她知道的就好。

张小姐说："艾红红是通过义工站进来的，找到我后说她在小檬的福利院上班，说她失去了自己的孩子，在得知小檬的故事后，愿意帮助我和小檬互通信息，不让我太想念孩子。我起初还怀疑她像我的亲戚一样，想让我把小檬给他们抚养，但是房子要给他们，那样我当然不依。我不相信那些亲戚，他们要是想帮我不会要我的房子，总之我不相信他们，所以就把小檬送去了福利院。福利院起初也不收，说小檬不是孤儿。我拿出离婚协议，小檬的父亲不是有钱人，我们贷款买的房子，他能把房子和一点存款都给我，就是不想要这个孩子，他很绝情，像动物世界里怕孩子争食而抛弃自己孩子的虎狼。我拿着医院的病情诊断，三番五次去申请，最后街道出面证明我真的没有能力养育孩子，福利院才终于收留了小檬。这个是公开的信息，艾红红作为福利院的员工是能知道这些信息的，然后照她的说法，为了我和小檬找到了我。"

我问："你还知道她的什么？"我当然指艾红红。

"都是她自己说的啊，她失去了一个孩子，很悲伤，然后到了福利院工作，就是想让自己多为其他的孩子做些事情。"

"还有其他的吗？"

"没有了，她就说了这些。以我的心情并不想知道别人更惨的事，我自己的事就够我难过的了。"

"那是的，您是对的，我能理解您这样的心情。"我回避什么似的说。

"她是请假了吗？什么时候回来？"

"她的同事说她请假了，没说什么时候回来。"

"她会回来吗？"张小姐先是问话，后又确信地说，"她会回来的，她说过她要看着我们的女儿小檬长大。"

我小心翼翼地问:"说一说你还有哪些亲戚可以吗?"

"我说过了。"

所有关于亲戚、直系亲属的问题,张小姐拒绝交谈。她可能后悔刚才的谈话涉及了这一块。

就张小姐自己有财产的情况,基金会是否还能为她支付个人护理的费用是个值得研究的问题。我想过建议她请律师代管财产,既能保证她的个人护理开支,又能为小檬留下一点资金。但明显张小姐是不愿意花钱请律师的,免费律师是否可信也很难讲。这个工作可能要专业人士来做。

我再去看望小檬的时候,小檬已经预约好一家双语幼儿园的学位。而当下她正在为入园学习英语口语,教她的老师是一个义工团队的义工,本身是英语老师,现在义务来为小檬教授英语口语。福利院是同意的,大家都希望小檬能一切正常地度过她的童年、少年的成长时光,不希望她因为学习这一块和同龄人差太远。我问院里怎么选择了双语幼儿园,院里回答我说,因为院里没法单列出一项学费支出,方便操作的是为小檬申请免费入学,这方面私立比公立更容易申请,这家双语幼儿园接受了她,就只能让她去读这个学校。我说这是挺好的事,我为小檬做个记录。

艾红红依然没有回复我的信息,她的故事我还未能定出方向来怎么呈现,只好先如实记下。不久我接到艾红红弟弟艾杭杭的电话,说艾红红回了老家一趟,只见了他,还叮嘱他不要跟其他人讲。他们的奶奶已经去世了,艾红红还让艾杭杭陪着去了墓地。艾红红走后，艾杭杭还是跟爸爸妈妈讲了，家人试图联系她，但谁也联系不到她了，所以艾杭杭打了我的电话咨询，看看艾红红有没有联系我。

很长时间过去，艾红红依旧没有消息。但小檬在入幼儿园前，收到一个玩偶形状的书包。小檬很喜欢，还未开学，就天天背着它想要去上幼儿园。